酒井　力詩集

Sakai Tsutomu

JN275365

新・日本現代詩文庫

107

土曜美術社出版販売

新・日本現代詩文庫　107　酒井力詩集　目次

詩篇

詩集『虚無の空域』（一九九〇年）抄

エッセイ

解説

年譜

詩篇

詩集『霧笛』（一九七八年）抄

運命

秘めやかに　この道を歩く
人立たぬ河原に　ひっそりと鳴く
名もない鳥に　行きあう早朝に
太陽が　わたしを見た！

限りのない　黄金の光粒の中で
そうして　わたしは　だれ訪うことも
なかった少年の頃に出会う

何が　あったのだろう
何をすることが　できたのだろう

水は　確かに流れている
音のない　静寂をぬって！
今　それは　冷たい露光を放って
わたしの曲折した足跡を照らしている

戦後生まれの詩

（一）

初秋の蟬が鳴いている
涼風はない　時間の沈黙の向こうで
新しい時代が　空転している
いったい　外では　何があったのか
精巧な光沢のある歯車が　動輪をかかえて
油ぎった鉛色の道路を失速していった
そこでは　山という形相も

海という名さえも
同一の蒼壁となって　溶けて流れている
初秋の蟬は　自問自答する
……………地中から這いのぼったばかりの
自分の顔が　夕暮れの光茫の中で
どうして　こんなにも醜く変貌するのか　と
現代のキラリズムは　自分という儚い存在
に　一介の空転となって　反抗してくるの
だが自分はあと数日もすれば　量産され
た　線香花火のように堕ちねばならない

（二）

痩せさらばえる　老婆は在り
背には　嬰児の薄汚れた手が
よく晴れた春の陽溜りを切る

――老婆は　半開きの口して走る
家を離れ　家の傍の竹林を迂廻し
何かを恐れ　逃れようと
老婆は　息はずませて走る
………………………………
時は　移り
時代は　変わったのだ！
橋は　崩れかけ　その橋を渡れば
やがて　小さな古い街並である
町に出ると　老婆は
背にした重荷を忘れて
嬰児に　一箱のキャラメルを買った

老婆は　嬉しかった！
（老婆は皺だらけの額の汗を拭う）

帰り道　老婆の爪跡が
遥かな　青い空に　ぽつんと消えた

音さえ見えなかった飛行雲が
もかもかと尾をふくらめて
山の端に渡っている

老婆の瞳は　灰色に澄んで
真実　そうして　わが子の遺影を
抱き締めたのだろう
――戦争という名の　もう一つの病魔に
ふかくうなされ　石よりも固く黙したまま

（三）

ふと　わたしは　少年の頃の軒下にたつ
茅ぶきの家に　雨戸は　きちんと
たてられてある　誰もいないのか
父も母も　兄弟たちさえ　見当らない
裏口に廻ると　戸口の透き間から
幽かに　暗がりが覗かれる
わたしは　風のように　身を縮めて
黒く焦げ残る囲炉裏の傍に出る

五平餅の臭いが漂うと
ノミが六尺　跳び上がり
兎の頭や胸の骨が砕かれて
まあるい肉団子は　ふつふつ煮える

部屋の片隅に　死に絶えそうな子山羊を
抱いて温めた　炬燵の跡があり

水をどっぷり吸い込んで　色あせた
冷たい布団とわたしの影がある

そして　恐ろしいほどに　徐々に
わたしの沈黙は　覚醒を始める

デアンタス・シナネンシスよ！*
父と母が　わたしの生前を
異国の空の下で
情熱に身をたぎらせ
兄たちと姉が　そこで育まれ
敗戦という　曇天の荒地
を通過してきた日に

今　わたしは　暗がりの闇のうちに
崩れて　なお　明日を夢見る
河原撫子の一輪ひっそりと咲くのを

カインは　エデンの東
確かに　それだけが自分の証である

＊　デアンタス・シナネンシス――信濃撫子

（四）

神の前に　佇んでいると
散乱する　木の葉が
わたしの心を　盲目《めしい》にする

闇の中で　人が　こっそりと
おかしな事をするように
わたしは　小さな白い庭をさまよった

現代にあって　神は死んだ！
氾濫する時代に　神は　溶かされた！
だが　獣性だけは　いつに変わらず
木の葉の裏にふやけた相を刻印する

（五）

micro cosmos !
micro cosmos !

鶏鳴は　朝を告げる

micro cosmos !
micro cosmos !

蟋蟀は　裸眼　一夜の鈴を振る

micro cosmos !
micro cosmos !

森閑とした冷気に　鐘が打たれると
一羽の鳶が　山の端をかすめて
まっしぐらに　昇天する

形見

ある日の夕暮れに　おまえは
一枚の枯葉を　僕の手の平に残していった
光と闇とが　限りない愛の抱擁の果てで
深い溜息をつくように

それは　揺れたが

……………………………………

真昼　ひっそりした
田舎の街道を　姿なく去っていく
修道士の面影を　染めつけたまま

ある日の夕暮れを　おまえの形見は
星屑のように　くずおれていた

おお！　空よ

紺碧の海をわたしは見た
紺碧の壁画から
そっと白き貝殻忍び出で
　「おおぞらの上の水よ！」
「おおぞらの下の水よ！」

紺碧の海原に　真帆の漂い
紺碧の哀しみから

ウニの赤き内腑出で
　「おおぞらの上の星よ！」
「おおぞらの下の星よ！」

紺碧の海に　母は嘆き悲しむ
紺碧の故里から
止めどなきわが人生詩い出で
　「おおぞらの上の神よ！」
「おおぞらの下の神よ！」

ちいさき夢の　その向こう
かっては　流浪の罪ゆえに
そっと静寂《しじま》に　口ずさむ

「おお！　空よ」

「おお！　海よ」

埴輪

とある夕暮れ
埴輪は
Purple　and　crimson に染まった
ひっそりと闇を孕んだ
土色の空洞は
山の端から忍び寄る
ヴィーナスの裸光を　微かに抱き
遠い　果てしない宇宙に　開示されよう
としていた
かっては　生ある世界から
冥府の闇底へ　七色の虹をさしかけ
白い花一輪をそえる
――それが　彼の使命だったが
地上の風が　いくたびとなく
彼の内壁を吹き抜け　ささやきするうちに
偶像の形相は　ハラハラ落ち
ただ　闇ばかりが憩っているのだった
――円形に刳り貫かれた　まあるい
小窓には　月も　片目で上ってくる
彼は　西の空に　ほっかりと
眸を放っていたが
魂は　震えながら
宇宙からの信号を待っていた

霧笛

今　とおり過ぎていった

時間に向かって　霧が　笛を吹く
沈黙に包まれ　おまえたちは
音を失い　色あせ　臭いさえない
朝に開かれた　わたしの窓辺に
無窮の拡がりを見せてくる
――神の唇より吹き出でる　霧笛は
ピエロづらした　わたしの頬を
雪渓に光るダイヤモンドのように
冷たく　濡らした

詩集『望郷』（一九八二年）抄

ザリガニ失墜

触角が一本折れて
背中の曲がる
小動物　一匹
泥水に　浮遊し
赤とか黒
判別のないまま
秋の陽を浴び
腐ち果てようという
光影　一筋
長く　揺れて
眼球も失われた辺り
奥まった暗がりは

遠い　途方もない
淋しさだけ

元ノ場所へ帰シテクレ
アノ故里ノ揺籃へ放リ込ンデクレ

愁色に　染み
世界を引いて
その生き物は
ゆったりと川面をつたう
尾の先に　微かな力
木洩れ陽　その身につのらせて

元ノ骸ニ戻シテオクレ
俺タチノ棲処ヲ返シテクレ

水底の見えぬ流れ

死におくれたように
夕暮れはせまり
今　ひとつの花影
おまえの小さな叫びは
明日　一日の空を象ろうという
両の腕
螯《はさみ》のない　無韻の詩
そこに在るといえば
人間たちが捨てた残滓
進歩という名のもと
踏みしだかれ
置き去られて逝った
死の跡だけ

天界の涯
あかい物体が飛行している
だが　星辰の座に

おまえの瞳は流れているか

小さな部屋の一点に

小さな部屋の一点に
わたしは　自分だけの
遠い幻想をつくる

昨日は晴天　雲ひとつない
本日は雨　立て板に水
明日にかけて不可解な大嵐の恐れ
……………………………………
うるさい蟬どもを十日も早く
地にもぐらし
秋　名月を夜に渡らせて
すすきの穂は　黄金に揺らす

つい先日逝去された老詩人
墓碑が光っている

自分の墓穴は闇の中
中央の大時計は行きつ戻りつ
変化ついに静止

生命の哀しみが　ポロリ
ポツリ　コロン　どこかしら落ちる
手の平に　わたしは受ける
病みあがりのピエロが顔を出す
ヴィーナスが　虫歯だらけの口
白衣に　そっとのぞかせる

コバルトブルーの空の下に

焼け焦げる赤児の死骸
青い体液がちろちろと流れ

ついに　めぐり会えない
敗戦の重荷もないまま
わたしは　重々しい足取りで部屋を出る
――ポケットの中で　敗北は
風鈴となって明日を占う

軌道Mの光

崩れいく時間と
乱れて吹き上げる風の中に佇《た》ち
それから　ひっそりと
おまえは家を出ていく
天球をめぐる摂理は
おまえの心にはとどかない
何という時の流れか
おまえは知らない
また　おまえは
それを知ろうともせず
生と死との転換の間を
だれの目にもとまらぬ速さで
ほっそりと通り抜けていくだけなのだ

おまえの道程にあるのは
ただ　告別という
無数の針のように光る枝である

喪章

光は　麦秋のころから

中空に途絶えている
降りしきる砂嵐の雨
ずんと底冷えのする
喪章の隊列
白い骨骨の順列の転換
暗がりのなかで　鵺鳥《ぬえ》が鳴いている
土に生まれる人々の心を愛で
合歓の葉うらに
花の色を染めあげて
真実を知る母は　独り
赤児のように
空に向かって身を投げる

壮烈な死者たちの霊は
アララットの頂から
黄金の矢を降らせている

石仏

土の多い丘陵地方の
さびしい洞窟の中に眠ってゐるひとよ
君は貝でもない　骨でもない　物でもない
『仏陀——或は「世界の謎」』朔太郎

碧水　滔々　あおき龍の夢漂い
ちいさな　無垢のゆび間にも揺れ
コブシの真白き花
ゆめの浮島　女人のふっくりとした脛が
さらさらと　閑寂を洗っている

遥かに遠い　古代から
ぬんめりと　今　這い出づるスフィンクス

背には　血ほとばしる鑿の跡
春の陽だまり　さんさんと降り注ぎ
ただ　さらさらと　それを洗ってもいる

うら淋しき町裏の　ひっそりとした
住宅の一室から　僕は　娘を連れ
ほんの可笑しな贖罪のためにやって来た
さあ　聞いてもおくれ　孤高の仏陀

土の多い丘陵地方の
さびしい洞窟の中に眠っているひとよ
君は貝でもない　骨でもない　物でもない
そうして　枯草もえそむる田圃の中で

（下諏訪町万治の石仏）

別去れ道

あそこに別去《わかさ》れがあるでしょう
そこを右へ曲がって行けば
あなたが求めている場所はわかります
指をすっと伸ばして
年増の女は教えてくれる
田舎の家々から少し離れたところに
その別去れ道はあって
ひとり　男は
やがて　森閑とする木立ちへと踏み入った
晩秋　落葉松の林をすり抜けていく
白い風音を　背後に感じながら
男は　松ぼっくりを拾っていく
それをどうしようと云うのでもないが

半身むくれかけた奇妙な奴ばかり
ただ　無心に拾い集めていくのであった
茫洋とする海鳴りが　そこにはあって
さながら　砂浜に転がる貝殻を
男は　夢想し
自分の足音が　確かに　耳奥の一点で
そこに残され　置き去られた
無数の生命の嘆きを響応してくるのを
愛しんでもいるようである
白髪に包まれる男の足跡は　その林の一角で
突然途絶えたままであるが――
どこをどうたどって考えてみても
わたしには
その男が　その場所から一体どこへ
消えてしまったのか　いまだにつかめない
名知れぬ貝の化石が出るという
その林の中を　男は　きっと今も
姿のない蔭影を落として
無心に歩き廻っているのだろう

鹿

うるおいのある
永遠の　光茫《ひかり》に包まれて
おまえの眼は
仄かに　やさしく　揺れている
おまえの　その足跡は
ただ　哀しみにみち
明日という　無限の
時間の向こうに　閉ざされている
それから　幾度となく

反芻して　おまえは
あの岸辺にたどりついたのだろう
人間という　臭い生き物の
汚れた　血脈よりも
より確かな　明るみの中へ

凍結

ことりと何かが落ちている
ひび割れるガラスの向こうに
澄みわたっている
空は雪崩れる
部屋からは
くらりとさえ　音のない
だが　そこから
沈黙という神は
何気なく　巷の灯をともしていた
何かが　ことりと落ちている
しかし　そこには何もなかった

晩秋

うす紅色の夕暮れ
花　一輪
女は　甲虫のように
背を光らせる

山脈に　蒼く
うねっているものは
口から糸を出し
やがて　カゲロウの葉脈に透け
うっすりと　山の端に映じている

故里の庭に
紅い実は　今も降り注ぐと
晩秋は　するり　一筋の帯を解いて見せる

黙示録

A

さらさらと　音もない
腐乱という陰りの
単なる物質の運行でもなく
溢れてくるだけのものがある

時間は　いかなる形象もすり抜け
空間といえば
ただ　すすり泣くように
蜘蛛の糸を縦横に光らせ
風は　そこを吹き抜けるだけである

人跡未踏の
もうひとつの沈黙の世界から
わたしは　詩う

B

あらゆるものが死に絶えるとき

おまえは　何を思うだろうか
背中に　ズンと底冷えのする
黒十字架を背負って
どこを　おまえは歩くだろうか

闇路を　星となって
消されていった
冷たい　かがり火を
忘却の波に打たせはしない

轜轢が　炎となって燃え
犬の遠吠えは　今しも
北海の流氷を溶かして
蛆虫のうねりを呼びさます

C

ビロードの
土塊《つちくれ》
唇が　路上にへばりついている

大空を呑み干すほどに
生命力に溢れ
それは　夜空を渡る星さえも
まるで　金平糖にして
しゃぶり　また　その奥のあたりで
パリパリと咀嚼している

消化ということを知らない
その生き物は
やはり　土塊の唇の先で

ぷっと　今度は
無数の模造人間を路上に放り上げる

D

曇天の明るみを
刃物の鋭い
何かの声がめぐっている

銃声のように
あちこちで
闇を穿っている

森閑と寝静まる
農家の暗灯をかすめていった
病んだ秋の　あれは
凶鳥のノクターン

昨夜　また　蒼い顔の人が倒れました
群衆は　沈黙の白壁になりました

E

ワイングラスの内側に
血のりの刺しゅうがしてあった
見ると　十字架
イエスの現代版
あられもなく　裸体の
その末端部から
しっとりと落ちたものがある

くしゃくしゃになった光を

帯状にたたんで
荒廃した地球が落ちたのだ
君　見たまえ
海だって出たがっているんだ
この大気の外へ

無韻の詩

一日のうちに　置き去られ
静止した暑い夏の空の一点から
おまえは　ひっそりと消えていく

ほっかりとあいた
空隙を充たしながら
独り　無韻の飛行を続けながら

黄昏　暗灯に迷い込む
真昼の蔭影のように
脆く波打ちながら
死者の眸の奥より　今　充ち溢れ

おまえの好きだった
アワダチソウの咲く土手をかすめ
一条の長い時間の帯は
涼風に運ばれ　昇っている

一九八二年・海
―伊豆の白浜　元旦―

水平線の向こう
まっ赤に　燃える

海は　今しも
病より癒え
ただ静かにうねり
さながら　猛者の出番を待っている

鎖を解かれ
浜辺に　すっくと佇《た》つ犬
老いも若きも
相集い寄り
心を　通わせ
そっと祈る思いで
その時を待っている

温風が吹き
暗がりの焚火は揺れ
大海原が　群青に変わるとき

ついに　産まれた！
ゆらめく　まばゆい
一九八二年

空は
無窮のマントに抱きあげる
岸辺から湧きあがる歓声
波間を漂う　サーファーの冒険

打ち寄せる波は
その白い手の愛撫から
砂上に　千篇の詩をちりばめた

詩集『**白い陰影**』（一九八六年）抄

I

虚無の音律

個室の白壁に
魂の仄かな灯りを
織りこませ
忽然と今　旅立つものがある

Mよ　あれからもう五年
凭れかかる君の
片膝の一点を手の平に受け
そっと押し返すほかはないのだ

――逝くときは独りであろうから
末期の水は　今も
ゆったりと静かに滴り
五月晴れの空に
眸を放ったまま
微動だにしない　君の
壮絶な闘いの跡に沁み入っている

真昼　君がいた病院の煙突から
黒黒と立ち昇る　あの翳りは
あれは　透体となって
宇宙に回帰する者への讃歌

癌病棟の下水を伝って
きょうもまた
病者の呻きは吐き出され
夕暮れの川面を

夜光虫となって流れていく
——降り初める雪の白さの中を

友の死

昨年一月には元気で会った
その友が逝った
白血病
暑い夏を病院で苦しみぬいて
自らの運命に従ったのだろう
雪の舞う道を急ぎ
その家まで行くと
彼は日本刀を静かに抱き
小さくなった眼差しを
やさしく閉じて横たわっている

知らぬ間に他界した友
独り　みんなと隔絶し彼の骸を離れ魂は
冬の寒さのなか
彼のもとを訪れる人々には
過去の温りになって
顔を照らしている

(オイ　元気カイ)
ふっと振り向くと誰もいない
暗灯に浮かび
十二月の雪は降っている
——音もなく　言葉もなく

闇の向こうへ去っていった
あの白い陰影のようなものは
あれは　彼のものではなかったのか
——次の日の朝　凍りつく道端に

しきりと鳴く子猫を拾ったのは
あれは　もしかすると　Tさん
あなたの似姿だったかも知れない

五月の海

海の向こうから
大きなうねりがやってきた

風は　朝の浜辺に
砂まじりの旅の湿りを落とし
また　猛然と
南国の香りを運びこませた

沖の鈍い光の流れに
椰子の実はひとつ

古き時代の夢のかけら
ゆったりとめぐっていった
陸をたどる一筋の道は　やがて
突如　ハマエンドウの花色に
染まって切れていた

岬の先端からは
鷗たちの啼き声が
鋭い哀しみになって消えていく
五月の海
五月の空
晴れがましくも憂うつな
蒼い拡がりに融けながら

十月の海

（一）

昼のさかりに沖合いを
潮流にのって
うす墨色の哀しみが漂っている

荒波が打ち寄せる
岩礁の上に佇むと
椰子の葉陰に揺れて
一匹の蝗が　草むらから躍り出た

眼下に続く　遠い
砂浜の中途に
釣り人が竿を立てている

奇妙に光った蝗の瞳は
秋の風の吹きだまり
葬送の曲を奏で
碧い閑寂に昇っている

（二）

浜辺に打ち揚げられた
生命の残骸から
海よ　おまえの憂うつはにじみ出る

砂上を光らせ　はじらいながら
寄せては　引き
引いては　寄せているけれど

何にもまして美しい
その情念の涯で
おまえは　わたしに告げる

遥けく遠い海原
あの空と接する辺りで
おまえは　生命の謎を弾いているのだと

（三）

防波堤で　ハゼを釣る
糸に引かれて
何匹も獲物が揚がる
そのうちに　わたしたちは
妙な生き物を引き揚げた

はやりのパックに
溶けても喰らいつく
ゲル状　黄疸色の物質

そいつの背中を押すと
ぴゅるんと汐を吹き上げた

海底にもひそむ　現代の悪華

（四）

潮騒からはぐれるように
夜の海には
死者たちの叫びがある

雨と風の中
わたしたちは　腰まで浸かり
懐中電灯を片手に
蟹を捜して歩いた
仄かな明り　揺れる波間
ゆったりと静止する魚影
――不意に一匹の蟹がたもにかかる

闇のヴェールをはがされて
両の腕が空を切る
何とも鋭利で　俊敏な奴！
波に点滅する夜光虫　惜別の詩

（五）

詩は虚言だよ
と海の詩人は生前語ったという
また　或る人に
詩にはエスプリが必要です
と応えたという

十月
詩人は　十年前の二十一日に逝き
わたしは　昭和二十一年の十二日生まれ
連れ去られた海の彼方から
ジョナサンの孤独は堕ちかかる

海へと続く小さな路を
枯葉は風に舞い上がる

もうひとつ　詩は虚構だよ
と囁きながら

野焼き

土手が燃える
風にあおられて
炎は　枯れつくす冬を
無形の手の平におさめていく
微かな音を立てながら

煙は　風のなかをぬって
右に左に揺れながら
すんなり　ダンディに消えてゆく

冬が燃えている

壮絶な闘いの後の
Ｆさん　あなたが燃える

杖突峠　あのとき
ポケットから何気なく差し出した
あなたの白い手
まっすぐと示した
あなたの指先の彼方には
アスピーテの火山が見えていた

枯れ草が燃え
冬が空へ昇り
Ｆさん　あなたの逝った後
黒焦げる土手には
あなたの置き忘れた
やはりダンディなほほ笑みは降り積もる

追憶

軒先の短い二階家
半分するりとあいた窓辺に
光は降りそそぎ
川の瀬音に交って
鳥が啼き　子供らが遊び
年増の齢を重ねる声は　もの憂く
ひそやかにわだかまる

空を切りとって　山脈は
うっすらと横たわっている

幾世代を経て構成されてきたものと
いつの時代にも変わり得ぬものとが
今　朝の光と風のなかで交錯している

やがて独り　淋しさは
淋しさとなって山野を徘徊するだろう
それら光と風の運ぶ世界を
一足一足　自らの重みに耐えながら

しかし　一様に固められた水路
速い流れのその果てで
水は水としての姿を取り戻し
再び空へとせり上がるだろうか

竹の葉のさやぐ影
鳩がうたう刻の調べが
今はないあの安らぎの場末から
追憶となって満ちてくる
遠い古代の遺物のように

遠く古代からの呼び声になって

心

一度捨て去った物が惜しくなる
たとえ再びそれを手に入れたにしても
物は元のままの姿を見せてはくれない
物から心が離れてしまうから

人の心を知り得たと思っても
すでにそこには人の心はない

水が流れるように
時の流れのなかを
物象は変わり
心は移ろうばかりだ

独り　静かに目を閉じる

鐘

遠い空にぽつんと
入道雲を浮かばせ
林間に幾筋も
その身を分光させて
夕陽が落ちていった
しばらくすると
生温い風に乗って
霧が押し寄せ　鋭い稲妻
大粒の雨足は　乾いた地面をえぐり
たちまち視界を呑んでしまった
翌朝　冷え切って

足元に続く暗路をたどり
山頂に登る
全ては霧の中　視界ゼロ
傍に咲くヤマオダマキにも影はない
やがて　東の方角に光が浮かび
朝霧の去った後
高原は再び姿をとり戻した
木々の葉は　いっそうつややかに
羽虫らは　のんびりと
鳥たちの声は　天にも響かんばかり

標高一九五〇メートル
澄み切った静寂をはじかせ
いっさいの営みの光と影のなか
新たなる山荘の鐘が鳴る

Ⅱ

五月の陰影

山の頂から　光る屋根の街並を過ぎ
風に吹かれて　一気に
この高台まで押し寄せてくるものがある

雨上がりの午後
揺れる木々の梢から
ひっそりと飛び立つものがある
――鳥の啼き声に運ばれて

閑かに響く信号機の傍を
無色透明のまま

猛スピードで走り去っていくものがある
――列車の重い軋みに引かれて

空から降り注ぐ光のなかで
吹き荒れる風のなかを

はるか遠い源初の明るみから
受け継がれてきたものが
この高台の窓辺に触れ
一気にまた　現代の暗がりへと堕ちていく

河

（一）

星が冷たい　その煌めきの向こうを
あかあかと
死はかげろうになって
炎えている
地表では生命あるものたちが
やさし気に影を映し
あるときは　流れを遡り
あるときには　流れを下りながら
一瞬のきらめきを見せ
消え去っていく

だが　生命の
それが死へと転じる刹那を
確実に看取った者はいない

薄汚れた白い病棟
その一室で
いつの日か　死に絶えて逝った

人間たちの眼差しと息づかいが
澄み渡る空に昇り
やがて　そぼ降る雨足の温もり
生え初める緑を濡らし
生まれたばかりの
小鳥たちの背にはじかれ
こと静かにしたたり落ちた後
それは地下をゆく水脈の叫びになる

この河のほとりに佇むと
水は　億年の涯から流れ寄るのか
さらさらと　ただささらさらという
音ばかり響かせている

（二）

涸れる河のほとり
水はすでにそこを流れてはいない

微かに残される岸辺から
想念は　真昼の星の輝きになって
空を渡っている
あたかも　それが
天体の最後の煌めきのように
生と死とを明滅させて
言葉は　今
この天球の一隅を
蒼いかげろうになって
炎えつきていく
河床を奥深く失われていった

水のかたちを追い求めながら

秋の瞳

遠く　ただ遠く
流れ寄ってくるものがある
まばゆい季節のあい間をぬって
充ち溢れてくるものがある
――少年の日の追憶のように

雨上がり　月の宵
冷たい夜の帳をふるわせ
蟋蟀が鳴いている
風もそろそろ吹きそうな
妙に凍えて　ゆらゆらと
耳の奥でも揺れている

（今年モ夏ガ逝ッタラシイ　）
（ドコカデ微カニ鳴ッテイル
アノ風鈴　蟬タチノ叫ビヲ押シコメテ）
（シワガ増エタネ　君ノ顔ニモ
ズント痛々シイヤツガ一本　）

今宵　まぶしい月も出て
キリリッ　キリリッ
蟋蟀は鳴いている
遠い　はるか彼方
流れ　溢れてきたものが
一匹の虫の陰影
触角を光らせ
風を揺らし
乾き始めた水面から
秋の瞳は昇っている

落日幻想

山麓の小さな村　光る屋根
すでに夕暮れは　家々の軒先から
長い影を落としている
そよとも吹かぬ風
芒の靡く岡に　トンボの一群があり
飛び交う翅々を黄金に染め
陽は中空を漂っている

想いは独り　林の中をさまよっていった
自らの淋しさを求め
自らの淋しさに出会うために
――風となって
枯葉を鳴らし　木々の葉を揺らせ
道のない道をひょうひょうと渡っていく

想いは独り　林の中を流れていった
自らの哀しみを求め
自らの哀しさと出会うために
――水となって
小石を洗い　土を運び
裸木の温りを映じ
いつ消えるか知れぬ道を流れている
夕日は　山脈を一面
切り絵のように浮かばせ
山麓から中腹　そして峠に続く小径を
頂上に向かって一気に去る
人里から染み通る赤児の声に引かれ
想いは落日の影に沈んでいた

闇は訪れる

どこからともなく
木々におおわれる林の奥から
流れる水の傍から
無形のヴェールは一斉に昇る

闇は　想いの中を堕ちていった
星だけが流れる　涯しない暗黒の世界を
一筋　翅を光らせて飛び続ける
トンボの軌跡を追って
空からの光
地表の闇とが交錯する辺りまで

ピエロ

曇天　密閉された
無風の空域をアキアカネが飛んでいく

夕暮れのヴェールに
形もうすれ　時折光る両翅
仲間から離れて　一匹
アキアカネが翅けていく
地表に長い陰影を落とし
やがてはるかに消え入ろうとする
(ドウダイ　一緒ニ行カナイカ
　アチラノ国へ　冬ガ動キ始メルマエニ)
アルプスの嶺に雪は降り初めたのか
冷え冷えとするなか
この飛行物体は
貧しい男の粉飾を運んで
一気に月の面まで上昇する

樹影

落葉に身をはだけ
女人独り　泣きいるように
寒々とする林のなかで
秋は　ひっそりと息絶えていた

空に伸びる枯れ枝の
か細い広がりの先から
今は腐ち果て
土と化したはずの樹影を追って
すらっと淋しい時間が落ちる

死一文字　それだけの
烙印を背にする子蝮ひとつ
冬の茫漠へとすべりこむ
——幼い蛇行に　秋の小さな顔を引き
ただ寂寥という明日に向かって

詩集『虚無の空域』（一九九〇年）抄

季節

雪

春まぢかだから
結晶することもなく
ぽたぽたと落ちてくる
おまえはその物質を小さな手のひらに受け
淡い光のなかで溶かしていく

中空からの便り
春まぢかだから
それは不定形のまま
おまえの体内にしみ入って
やがては芽吹いてくるのだろう

淡い光のなかで
おまえはあまりにも透明だから
だれにも見えない
雪さえそれに気づかない

形象

春雨に濡れ
樹齢幾年とも知れない李の老木が
黒肌を光らせて佇んでいる

だれがいつ植えたものか
おまえはすでに
あの白い花影さえ失って
枯死してしまった

無風の空の下
雨の温もりばかりが
おまえのふしくれだった隙間から
腐ちた体内へ浸透していく

傍らにはいま一本の若木が
誇らしげに紅い花をつけ
空へ空へと伸びようとしている

河原道

夜風に吹かれ
ふっと河原にはいる

転石の白と黒の織りなす河原の彼方を
カジカの声が昇っている
雲間からは星の光が
蒼白く澄んで降りてくる
はるか山並みの暗い麓辺り
点滅する蛍のように
車のライトがゆっくりと滑っていく
この道を歩きながら
かつては畏怖にかられたのだ
夜気に包まれて独り
底知れぬ沈黙に触れるということに
しかし風景は風景
たとえいつの日か風になって
この寂漠の流れを渡るにしても
それは二度とめぐり得ない現実

夜風に吹かれ
ほっと河原から這いあがる

カジカの声は聞こえない
星の光さえもうとどきはしない
野良犬のように
あてどない足取りで
田んぼの土手を歩いていくおまえ
どうみても　どう考えても
仕様のない道筋なのだ

家に着いたら
『田園』を静かに聴こう
水底微かに光り動めく
あれら蛍たちが
そっと飛び立つその時のために

別れ

葬列は続いていく
長い長い静かな行進

土砂降りのあとに
ぽつんとうなだれて
タンポポが咲いている
空には雲雀《ひばり》が鳴いている
誰が昇天したのだろう
この美しい空の下で

朝

稜線をこえて
しめやかにやってくる光

夜来降り続いた雨にぬれ
竹の葉は揺れる
傍らの大石は押し黙り
ひっそりと空のスクリーンにおさまる

小さな虫が這い出してきて
空を見上げる

窓

うっすらとほそく開いた窓
外は日差しも濃く
道も乾燥して
蝶さえ中空を舞っているのに
だれもいないのか
その暗がりに
カーテンだけが揺れている

しいんと静まる柱の影
うっすらと開いた
視神経の盲点から
およそだれの顔とも似つかぬ
一匹のコオロギがとんで出る

コオロギ

獰猛《どうもう》でありながら
実は最高のメカニズムをもつコオロギ
闇の明かりに
一枚のＧ線を張るようにして
ろろろろ　るる
と羽ぎしりをする

両眼を光らせ
闇さえのみ込まんばかりに
るる　ろろろろ
とリズムをきざむのは
静閑を夜空に昇らせるため

何とも妙な暗がりの秘密

蜘蛛《くも》

暗く降りしきる雨に打たれ
蜘蛛がひとつ
軒先の中空に
みすぼらしい光を放っていた

短い一夏のあと
蜘蛛はすっかり肥え
まあるい尻を空に向け
長い足はだらりと下にたれたまま
破れた囲いに輝きはない

秋　十月
南方の洋上から
山脈をこえて押し寄せる台風

親蜘蛛の傍らには
小さな蜘蛛たちが二匹
やはり同じ格好をして
細い尻をちょこんと透かせ
冷たい刻の流れに耐えていた

窓を開けるとすでに夕暮れ
雨はやみ
どこからか飛来した鳥たちの群れが
うるさいほどに動きまわり
風はほのかに野面を渡っている

不意に一羽のモズが
明るむ軒先をかすめ
矢のように消えていった

やがて訪れる厳しい冬を前に
蜘蛛はそれでもなお身じろぎもせず
そうして重々しい生命を
中空に吊るし
破れてぼろぼろになった
貧しい世界の修復にかかっていく
――あの夏の日に眺めた積乱雲の
まぶしいゆったりとするテンポで

秋空

もの憂げに沈む瞳
青く　とおい広がりを

物象たちの白い影が過ぎていく

鳥の鳴き声も　虫の羽音も
木々の梢を渡る風の叫びさえ
おまえの耳にはとどかない

ああ　ああ　光りながら
果てしなく下降していく時間
すっぽり閉ざした
天球の底から　一輪
コスモスの花が吹き上がる

シェヘラザード

紺碧の海
南の洋上に浮かぶ島
一羽の蝶が
不意に現れた暗雲をかすめ
ひらひらと舞っていく

初めは何ひとつなかった
空隙のその一点から
熱帯の嵐は思いのままに吹き荒れ

やがて蝶の影さえのみ込んで消えていった

夜が明けた今
水平線の彼方からは
瞬時にして波にさらわれていった
船乗りの叫びが聞こえてくる

レスピーギ*

アッピアの街道を
ローマ軍が疾走していく

古代の暗い道は
やはり太陽がさんさんと降りそそぎ
風も吹いていたのだろうか

進軍の鼓動は
金管の鋭い響き
シンバルのからからと鳴る
それが弦と弦の呼応となって
今もゆるやかに流れる
静寂

レスピーギおじさん
なぜ　Bのピアノ音を
教会の鐘に残し
今も哀しそうに
うなだれるのか

CD幻想
明るみ

＊　レスピーギ（一八七九―一九三六）北イタリア、ボローニャ生まれの作曲家。R・コルサコフに師事。

空

家にこもっているよりは
ほら　夕暮れの凪に佇んで
西空の焼けるのを見てごらん
あんなにも蒼い空
宇宙へと透ける秋に溶けて
パープルクリムズンが伸びていく

廃屋は今もそこにあって
徐々に暗がりをのんでいる
もう何年も前に逝った老婆が独り
すっかり小さくなった体で
――今晩ハ　オ風呂ヲ借リニ来マシタヨ
とほほ笑みながら

夕焼けの中から現れて来るようだ

やがては死ぬのだろう
あなたも僕も
目には見えない毒杯をあおって

焼かれて昇天する物質はその時
魂とはつながりのないままに
人と人との世間の雑沓を離れ
あの蒼く澄んだ宇宙へと旅立っていくのだ

そしてやがては降りそそぐのだろう
だれ佇むとも知れない
この流浪の地の一点に
敬愛する友と師のやさしい影をともなって
あるいは小さな鳥の
やわらかい鳴き声になって

家にこもっているよりは
ほら　夕暮れの風に佇んで
西空の焼けるのを見てごらん

悼詩

海に向かって流れる
どこまでも流れる
水はやがて河口から
静かな
どこまでも静かな安らぎの世界に至る
だが　ぼくの心はちがう
水の流れに激しくさからって
生命の源を求めるのだ
独り自分のため
心を空《くう》にして

詩

青い天球の中途を
雲は変幻自在に
浮かび消えている

陽光はガラス窓の内側に
水滴のダイヤモンドを
放射状に散りばめる

不意に　影のようなものが
まばゆい光の中心から
一筋　そして二筋　流れ落ちる
冬の詩

暗い夜の闇から

ふと見上げると
そこに星があった
そいつはまたたく間に
青白い時間の彼方から
二十年ほど前の俺を連れて戻ってくる
ふっと思えばただそれだけのことだが
実に虚しいことだ
——やがてその星も
またその時の俺自身の影も
夜空を渡る雲がおおい隠してしまった
ふと傍らを見やると
そこを音もなく水が流れている
実体のない
暗い夜の間をぬって
ふと見上げると
そこに星があり
男の魂は
実に狂おしい叫びをあげて
墜ちてくるのだ

このみすぼらしい天体の
地球という名の
暗い闇の中を

鐘声

よく晴れた朝
じっと空の一点を見つめる
——ゆったりと小さな弧を描いて舞う

一羽の鳶
その鳴き声はここにはとどかない
静寂に包まれる光のなかを
果てしない中空の拡がりのなかを
ひっそりと視界から消えていった
あれは何であったのだろう

時のいたずらか
ぴんと張りつめる琴線を
そっと弾くように
遠く寺の鐘が響いてくる

詩

一編の詩を書くのに
二十枚の原稿用紙がいる
では三十編のまとまった詩を表すのに
六百枚を必要とする
さらに千編書いて
ある一つの心象が本物になるとすれば
二万枚の紙がいる
千編の駄作のうち
ちょうど無数の砂粒の中から
埋もれかけた小指ほどのダイヤ
これに匹敵する詩を探すのは
至難の業にちがいない

楽しみといえば
今日もまた白い紙の上を
書き続ける文字の間を
意思とも無関係に
青い雲のようなものが流れ
その向こう側からは

虹色に光りながら日が昇ってくる
四百の窓をもつビルの内側から
忘れかけた風景の欠片を
別々に象嵌したりしている

南方から送られてきた動物園の生き物が
右往左往しながら
檻の中から空を見上げるように
重く仕切られた天井を眺めたりもする

虚業がやがて暗い夜の果てを
蜃気楼になって降りてくるのを予感し
すでに黒いインクに
ドロップアウトさせてしまっている
存在

涸れた河

今　ひとつの風景の一点を
東に向かって溯る河がある
白く乾いた河床の蛇行にそって
風は黙したまま
虚無の深淵から吹き上がっている

夢か幻か
涸れた水底に映るのは
冷たい雨に濡れ
凍えそうにしながら
旅立っていく花の生命

やがて訪れる春の

その温もりの胎動を破り
おまえは新たなる装いで
季節の裏道を渡っていかねばならない

虚無とはそこにあって
ないものである
果てしない沈黙の岸辺に佇み
さらさらと降りそそぐ
この天球の水の様相を
ひそやかに詩う
おまえ

虚無の空域

一

冷たくなって
雨を降らせ
石のように動かない空

やがて雨がやみ
夕暮れ時
点在する空の光は
それまで見せていた物たちの影となり
すべては裸形のままに
そっと押し包んで
どこかへ消えていった

あとには雀たちの鳴き声
椋鳥のハスキーな喧噪が
間もなく訪れる宵闇の前奏

そして夜
暗灯の下を流れる時間は
パチパチとはじけ
空転を始める

田んぼでは蛙たちが
星空のない五月を歌っている

二

心の領域

白い歯車が空転している

黒いパイプ
透明な煙はゆらゆらと昇り
もう何年もそこにそうしたまま
動くこともない
思春期の夏

三

十七歳の夏の間を
木々の緑が揺れる
むんとする土の香りの中から
M・マルソー
ピエロの顔がのぞいている

空想のビンのかけらの影に
水は音もなく流れ
静寂は歌い
濃紺のジュウタンを敷きつめた

四

N子よ
あれからどうやって生きたのか
おまえのあどけない微笑
そこに隠れていた秘密
人里を離れ
都会の憂愁の中で
おまえのやさしさは
どこに向かっていくのだろう

おまえは　今
どこを歩いているのか
ほっくり生まれた空隙に
雑沓を渡る風は
しみ通っているだろうか
N子よ

五

不意に窓は閉じられる
二重ガラスの向こうから
一瞬にして流れ込む
夕映え　海の幻聴
実在を失った風景が揺れている

部屋は密封され

すでに大空の一点を
小さな光を放って飛翔する白い宇宙船
そこは誰ひとり佇むことのない
巨大な貝殻だ
意識の内壁を
かすかに宇宙からの信号音が伝わっている

六

今　浮かんでいたものが
矢になって空を射抜く
空は果てしないから
それを包み込み
蒼白なおももちをして
失墜させるのだろう
一点のかげりの死
忘却

七

心が心に戻るとき
物は物として実在を明かすとは限らない
透明　暗黒
颪
と
土

と
水
と

ひっそりと消える

八

ここからは見えない
ここからは聞こえない
季節の色　花の影
竹の葉のささやき
枯枝の先のムクドリ
まして人の姿　子どもたちの叫び

眼下には高速道路のうねり
居並ぶマッチ箱の渋滞
家々の屋根の密集
人間たちの足跡だけが
ひっそり押し黙って流れていく

小さな爆音を響かせながら
高度三〇〇の空域で
私たちは一点の儚い光跡に過ぎない

白い飛行機に乗って
田園の上空を旋回し
街を過ぎ
やがて段丘の切れる辺りになったら
その一隅をめがけて
コスモスの花一輪を投下するのだ

墓場を失った戦死者の霊に

そこからは見えない
そこからは聞こえない
紺碧にはじける空から
たったひとつ
くるくるとまわりながら
いずこともなく舞い落ちていく
虚無

詩集『水の天体』（一九九七年）抄

I

水の天体

落葉松の林にはいると
朽ちた木々の暗がりに
水が湧き出ている
秋は水音に耳をすませているのだろうか
しんと林にうずくまっていた
夕暮になるとコオロギが空気を震わせる
小さな鳥の不思議な鳴き声のように

――何という生命の響きだろう

真昼の空に浮かび消えていた
白雲の印象のなかを
今は立ちのぼる煙になって
ゆらり　ゆらら　ゆら　りり
と鳴いている

世界はなおも枯れていく
みずみずしい天体の
一隅にただようぼくのなかに
それは冷たい影を沈ませてくるのだ

午後の林のなかで聴いた水音を
いまでも耳に残していると
ぼくの生活は
いつしかコオロギの羽音に溶け
限りなく広がる宇宙の神秘へと流れていく

その鼓動のなか
水はぼくの耳から溢れ
目から溢れ
さながら天体の叫びとなって
ぼくを覆ってしまう

空にはぽっかりと
月色の大きな穴があいている

遠い記憶

東の山の稜線をたどっていくと
松の木が一本
てっぺんに佇んでいるのが見える

幼少のころから見慣れたものではあるが
まだ一度もそばまで行ったことはない

夕暮れ
椋鳥のにぎやかな声に身を沈め
竹林を吹きとおる風に訊いてみる

あれは一体いつ
だれが
あの場所に植えたのか

ふと気がつくと
自分にとっては妙になつかしい
その想いだけが
ぽつんと稜線に突き出ている

単純で何の変哲もない日常のなか

今もあい変わらず
ぼくはひどく貧しい記憶をたどる
名も知らないあの松の木のように

暗灯の下を
めぐってきた季節は
汚れたぼくの心に触れ
異常ともみえる顔のまま
遠いアルプスの峰をめざし消えていく

夕暮れはやがて夜になり
今しがた竹林の彼方で鳴いたカッコウを
ぼくは手の平のどこかに仕舞い忘れた

空家の春

物干しに白いシャツがくったりと掛かる
よく晴れた昼下がり
庭石の上には野良猫が一匹
薄汚れた腹を天日にかざしたまま動かない

ジェット機の白い航跡が遠い空を渡るとき
不意に何かがシャツの破れをきわだたせ
猫の毛にぬくもる春をかすめ吹き抜けていった

シャツは誰かの手で意思もなくそこに吊され
やがて取込まれるそのときを待っている
また春はどこからともなく降りてきて
確かに季節であることには違いなかった

男は空家のかたわらに佇み
錆びた物干しに掛かる自分をみつめる
そして色あせた体内を吹き抜ける時間が
二度と取込めないことを知る

湖底の村

台風の去ったあと
ダム湖の水はあおく澄み切っていた
森閑とする湖面のかたすみで
釣り人が糸をたれている

彼の思いは針とともに水底深く沈んでいった
――一枚の枯葉の影にくずおれて

自分の家の戸口に降り立つと
中からは
すでに逝ったはずの老母の顔がのぞく
子どもたちのはしゃぐ声が聞こえる
置き去りにされた玩具は
家の外でそよと揺れる
それらはすべて無形のまま
屈折する道をさかのぼり
湖の上流までのびていった

M山から遠く流れてきた冷水が
無造作にそれを洗い
何事もなかったように
湖底の村はぷっつり途絶えていた

釣り人の思いは
二度と浮かび上がりはしない

失われた記憶のかけらが
横腹を光らせ
たとえ針の先にかかったとしても

彼はじっと待っている
細い糸の向こうに沈む暗がりをみつめ
自分の思いとは逆に
水底から妙な形をした生きものを釣り上げるまで

ぜんまい仕掛けの船のように
カモが数羽
小さな航跡を光らせ
水面をすべっていく

幻の蝶

青く澄んだ大きな瞳が
遠い昔に失われた山嶺を見上げる
激しく荒波をたてて

太古の時代から
ひそやかに息づいてきた生命
蜃気楼のように揺れる水面で
日焼けした若者たちが
右に左にヨットを走らせている

白く続く砂浜
不意に草むらから一羽の蝶が
強風にあらがって舞い
一瞬にして消えた
あまりにまばゆい現代の虚無が
小さな幻をひとくちにのみこんだのだ

初夏
真昼の猪苗代湖

点景

1

書棚の片隅に
木彫りの仏像を置く
ほこりをかむって二一年
台座につつましく佇んで

おまえは薄明の世界をみている
一刀彫　救世観音

秋晴れの空に
鳥たちはうたい
雲はどこまでも白い

おまえの双眸を
台風が通過していく今
ようやくおまえはぼくのものだ

台風の中心から満ちてくる
おまえのやさしさを
小さな闇の詩をぼくはつなぎとめる

涯しなく青い静閑の底を
母の哀しみに似た音曲があふれる

2

薬臭が鼻をつく病室を出ると
西日に照らされ
川面をコサギが舞っている

死を半分受け入れて
老女はそれでも
精いっぱいの笑みを浮かべた
瞳はすでに空白を見つめていた

川はいつになくおだやかで
せっせと刻をはこび
対岸には葦の葉がゆれ
そっと手まねきをする

3

高原の峠路を過ぎると
真新しい砕石を敷いた林道にはいる
里は初夏というのに
雪を残して道は続き
しばらく行くとふっつり切れていた

開かれた断崖
億年をへて積み重なった時間が
赤土の異臭となり
地下水の悲痛な叫びになって沁みだしてくる

山は耐える
自分の身を裂かれ
人間たちのはかない夢を受け入れながら
時おり緑の風を吹かせて

山は知っている
自分の体内にある時間の集積だけが
ありのままの姿であることを
おそらく百年もしないうちに
自らの手で汚れをぬぐい去らねばならないことを

4

富士が暗がりに浮かぶなかを
釣船に乗って海に出る
駿河湾のわずか外あたりで
カツオがかかった

船底にぴちぴちはねる
ひきあげた旋律
夜明けの空がふるえている

光るからだ
口先ににじむ血潮
まるい眼から涙があふれる

海底を映す画像がながれはじめると
富士の峰は
息をふきかえし
ゆっくりとすべっていく

5

一月

森閑とした林にはいると
冷たい風がしみてくる

幼少のころからなじんだ山が
市に譲渡され
何年かのち消えることになった
枯葉を敷きつめすっくと立つ裸木にも
時間は残り少ない

切り倒される日
木々たちは決して叫びはしない
売られてしまったかすかな記憶に
小さな歴史の影を落とし
ひっそりとくずおれるだろう

かつて曽祖父がめじるしに植えたという
樫の木が

人目につかない場所に
やさしい温もりを保つ理由は何か

近い将来
市民のため
という名目で憩いの場は開かれる

集まった母親や子どもが
暖かい日差しの下で
草花か何かにうっとりとしているのを見て
姿を失った木霊たちは
涼風になって耳元にささやくだろうか

――さあ　わたしたちの生命とひきかえの
　静けさをあげましょう

Ⅱ

離愁

父よ　母よ
あなたたちが歩いてくる
緑かがやく明るい道に手をたずさえ
はじらいながら
兄よ　姉よ　そして弟よ
日差しの濃いくっきりとした日陰の涼しい道を
楽しく笑いながら走ってくる

――何という静かさ
澄んだ青空に白雲はわたり
花も鳥も虫たちまでもが美しく見えている

友よ
何もなかったのだ
あなたの人生のそのやさしさ

ぼくは歩いている
言葉を失い
うなだれたまま力なく
ひいらぎの木立ちや月桂樹のある庭先を
どこゆくあてもない白い道を

ああ　この天体のどこかに
いまも暑い夏をきりとって
蟬の声は鳴きしきっているのだ

ぼくはすっかりはぐれて
あなたたちにみえない位置にいる

一陣の風がたち
名もない雑草の小さな花がゆれても
たとえそこにいて
ぼくがささやいたとしても
あなたたちに出会うことはない

おとぎ話

狸が一匹路上にいる
…………………………
動かない
確かにそれは足を外に投げ出し
じっとしている

持ち上げると

尻のあたりからするりと内臓がたれ落ちる
死後硬直を過ぎて
毛皮にはかげりがみえる

真昼の路上に横たわる骸を
そっと車のトランクに乗せていき
橋の上から放り投げる
…………………
狸はふたたび生命をとり戻すか

谷川の澄んだ瀬音にのって
元気に泳いでいくように思えるが
やはり何ひとつ変わりない
ぷかぷかと流れるばかり

狸の死を運ぶ川は
空をわたるおとぎの月を見ながら

ぼくの顔にも風を吹き上げ
おびただしい腐臭をくすぶらせる

目をとじる
…………………
瞳はどろり
熱いガラスになって溶け出し
冷え切った世界の窓辺に
あどけない子狸を映し出すのだ

ふるさと

おまえは目立たぬ場所にあり
ひっそりと人の心にしまわれている
――何にもかけがえのない宝物

人は口にしたがらない
なぜ

本来は美しくあるべきはずのものが
あまりに目まぐるしい勢いで
その姿を変えていくから

心の奥底にいつまでも残る印象は
すでにとおい幻

人はやがてかつての揺籃
海の底に想いを沈めるのだろう

おまえは墜ちていく
どこまでも青くつづくもう一つの世界を
無数の白い花びらになって

光さえ汚れきったなかを
あまりにも遠くへだて
見続けなければならない宿命がそこにある

百年ののちの
おまえの瞳のなかに
いま
失われていくものを刻んでいるか

葬列

――葬列はどこまでもしずかだ
百歳をこえてぽつりと逝った人を
満開の桜だけが知っていた

ひとあし

ひとあし歩く人々のやさしさは
やがておとずれる季節の裏側に
雪の稜線をかたどっていく

母よ
あのとき
あの場所でほほえんでいた瞳は
爛漫と咲く花になり
…………………
あの場所で哭いた顔が
それをささえるひとふしの枝になった

オーゼの死

クリスマスのころ
胡桃の大きな切り株の上で
おまえと出会った

降り積む冷たい雪に小さな爪をとがらせ
満身に力をこめて
おまえは救いを求めていた
——夜の闇からおとずれた子猫
ぼくは思わずおまえを抱いた
おまえの瞳は美しかった
あれから十年
世の移り変わりを
その黒と白の体にきざみ
寒い冬のなかで死んだ
ゆったりと年老いた身を横たえ
自分の死をさとったように

少し前に逝った犬のシロは友だち
その傍らに小さな墓をつくろう

あたたかい春がめぐってきたとき
おまえたちの上には
李の白い花が咲きみだれるだろう

生きるということはつらいことだね　おたがいに
主人のいなくなった庭に
そんなささやきがきこえる午後
オーゼよ
おまえの重い調べはながれてやまない

Ⅲ

雪明かり

あれは月の光
森閑とする冷気のなかを
人知れずおりてくる天使の声

いや
あれは雪の下のふきのとうが
春を呼ぶ翳り

いやいや　ちがう
地球よ　おまえから離れて旅した
漂泊者の悲しみ

これから渡っていく太陽の
虚空に敷き詰めた沈黙の叫び

洞窟から一歩出て
すべてを知ってしまった古代の哲学者のように
一つの天体の悲惨なありさま
人間の愚かさにあきれ
一握の砂さえ緑にかえそうとする
宇宙からの伝言

月天から黒い雨が舞っているのは
あれは
おまえとの別れのしるし

障子がかすかに明るんでいく
その光の
途方もない時間の彼方から
鶯の鳴声をきいたように思った

さようなら　地球
さようなら　彗星一万年

一九九七年

真昼の空を
時速二五〇万キロの速さでかけぬけていく物体が
ある
二五三〇年の旅
次は西暦四五三一年に再びやってくるだろうか
ヘールボップ彗星

途方もない時間の涯から
おまえは伝言する

わたしは里帰りをしただけ
地球がいま
どうなっているのか
これからどうなっていくのか

限られた生命の一つひとつは
様々な時代に束縛され
光彩を放ちながら
無限空間に墜ちていく小さな結晶にすぎない

徐々にその身を小さくし
軌道を変え
やがて消滅させていくおまえの生き方が好きだ

心はひろがっていく
おまえの鈍い光の輪郭は
あまりにもぼくの顔にそっくり

想いは
おまえの巨大な瞳に宿る孤独の中心に降り続ける

幼少のときに祖母から聞いた大きな箒星の伝説
それはくっきりとよみがえってきている

ぼくの熱い呼吸に溶かされ
おまえは水という言葉
生命のみなもとをここに残した

青い海
汚れ続ける光のなかを
だれにも言えずに消えていった
無残な哀しい願いと
この地表に点滅する無数の星たちの魂を
おまえは一身に引き受け
旅立っていく

詩集『藻の詩想』（二〇〇一年）抄

高原の春

雪の残る山嶺から
おまえは一陣の風になって
人知れず
高原の木立のなかに舞い降りる

眼下にくっきりと
美しくきわだつ木々
碧空に手をのばすいのちにつつまれ
人の生活とは
遠く忘却の淵に沈むばかりだ

かすかに光りながら
いま
山間に架かる橋を
渡っていくおまえ

追いすがるように
どこかで藪鶯が鳴いている
林の奥ふかい暗がりから
ひとすじ
憂いに満ちた鹿の声が立ち上がる

山腹に浮かぶ湖
その辺りから
水は地下水になってもぐり
音もなく
橋の下に湧いている

雲はゆったりと

悠久の時間に影を落とし
静止したまま動かない

星の降る村

妖しいまでにくっきりと暮れなずむ
空に近いところの
無限に瞬く星たちのなかに
ひとつ寂しく光る不動の一点がある

琥珀色に一見物言わぬ気の
うねうねと黄泉へとつづく道を
あれは
村人の頑なまでに寡黙な心を照らす標だ

今世紀初めての彗星が
西北西の山の端をかすめ
沈黙を押し上げ
墜ちていく

稜線は
神々しい闇に身を隠し
二度と還らぬ蒼い目の時間を見つめたまま
夜の底に沈んでいる

祭り

木遣り歌が聞こえ
耳奥をまさぐるように
それはいにしえの扉を押し開く

黒い火山灰土のひろがる八ヶ岳の麓

ぼくを支えているのは
七年に一度の優しい歌であり
激しく地面を打つ雨足をぬって
聞こえてくる鳥の声だ

――上代から受け継がれる響き
ようやく訪れる春をつつんで
消えていく雨
遠ざかる鳥

御柱祭り一色の
この地を育む人々のいのちは
鳥たちのさえずりに運ばれ
火の山から湖に降りそそぐ神の息吹となる

冷気の彼方にすっくと浮かぶ富士
その峰をかすめて

いま
Kさんの声は空にとどく
茫として佇む裸木の梢が
見れば点々と
白い花

蛍

遠い記憶の底を
蛍が乱舞する

どれも違う芳香を放ちながら
さながら空気のように

水からあがってくる
いのちの軌跡を追うと

一瞬の煌めきは
接近する彗星の光に溶かされ
無限のうちに墜ちていく

白い頁に隠された
棲息領域から
沈黙という名の言葉を押し上げ
身を削り
光っては消え
光っては消えつつ
涸れた河の淵から舞い上がるのだ

甲虫Aの残光

壁に仕切られた
コンクリートの上を
這いまわっている
一つの律動

かあんと口をあける
青空の下
まぶしい
草葉の陰に戻りたいかい

四角い建物の中から
外へ出たって
いまさら

余計な心配するな
そう言いた気に
身を鈍く光らせる

（おれの行きたいところは特にないさ

いい知れない愛着を
黒い背に滲ませ
いきなり宙に
掃きだされていった
時間

ガラスの向こうから
朝は
蒼い闇を投げてくる

白いからす

水色の鮮明な意識を引きずったまま
沈黙の内側に閉じこめられ
すうっと

大きな釜に
箱ごと差し込まれる

ごうごうと
音をたてるガスバーナー

熱い炎に焼かれ
黒い煙になって
ようやく
煙突から這い出してくる

よく晴れた空に拡散し
消えながら
しげしげ
眺めている

からり

焼きあがった骨のすきまから
元の姿を想像し
よくもまあ
しぶとく
生きていたこと

夕暮れ
裸木の梢に
すっくと
自分を止まらせてみる

すべてを風の奥にしまい
だれも存在しない一点から
タイムスリップする
ぼく

天空の詩

冴々と光る明けの明星
雲の色は移ろい
暗い彼方に幻の海が見える

寒風のなかを
溶岩は肌を褐色にこずませ
その辺りから
水晶のように冷たく
――燃え上がる言葉の源

かすかに聞こえてくる
あれは地殻へとつづくいのちの歌

緑のない
人いきれ途絶える荒涼とした頂上に
原始の瞳が降りそそぐ

すべては沈黙し
――そのまま泰然自若
生と死の領界に
存在の意味を投げる
海抜三七七六メートルの荒地

いま
一羽の蝶
身を蒼く染め
巨大な光が浮かぶのを待っている

きりぎりす
――奥村土牛記念美術館――

(もすこし
　しずかに生きてみるかな

土牛の眼光が
こちらを見据え
真昼をのみこんでいる
梢からこぼれる蟬は
耳影にひそみ
寂寥へと吹きとおっていく

(もっと自由に
　やってみるかい

緑の衣に身をつつむ
かごの虫
格子の向こうから
草をむしりとるように
涼しいメカニスムが刻を生んでいる

(日常をこえて
　響かせたまえ

背中の黒い縞は
雲になって流れ
山なみに
くっきりと虚像を揺らめかせる
初秋

蟋蟀

どこに身をひそめているのだろう
夏の終わりに

黄昏の空に鰯雲は流れ
すでに秋

その下で衣を剥いでぼくは裸になる
すると聞こえてくるのだ

雑踏にまぎれ
ひそかに天をついて哭く声が

羽をすり減らしながら

季節の内に影を映している
時代の闇を破って生れてくる新しいいのち

辺りの砂を
少しずつ押し崩すおまえ

——連峰はそこにあり
静寂だけを掬いとっている

不意に土砂降りの雨が
すべてを蔽いつくし　渡っていく

縄文のヴィーナス

I

冷めたガラスのなかに浮かんでいる
小さな裸身
遠い時代の祈り

復元された原形の
その奥にひそみ
闇をついてささやく声がする

(これはぼくが使っていたものだ
(肌身離さず首につけていたものは
　この下にあるはずよ

（あれはおまえの耳飾り
（わたしたちの生活の哀しみが
　今度フランスに渡るんですって

遺跡はそこにあり
風雨が内へ浸透し
すべては押し黙ったままだ

黒土の上には白壁の家が建ち
庭に赤や黄の花がいっせいに咲き乱れている

夜になれば雨も風もどこかへ消え
月に照らされ
ぎしぎしと蛙がうごめくことだろう

Ⅱ

霧が流れる
涯しなく遠い時代から

それはゆっくりと手を伸ばし
木々をぬらし
道辺に咲く名もない花さきに
水滴となって落ちる

道がひとすじ
夜は白い世界の彼方にひろがり
スモッグランプをつけ
車は風になって走る

エンジン音のふみしだく轍に
聴覚だけが膨張していく

どの辺りにきたのだろう
不安はかすかな黄色いランプの先にあり
闇の断崖がくちをあけ
おまえを呼んでいる

まばたきする一瞬
意識は
まっしぐらに墜ちる

霧が幾重にも折り重なってうごめく
一つのいのちを造形しているのだ

沈黙の山から
降りそそぐ白い花びらは
凍てつく氷となって透けながら
路上を転がっていく

Ⅲ

峠は歩いて越せばいい
汗をかきながら
ゆっくりと

縄文人はどうやって
どんな顔をして
八ヶ岳を歩いていただろう

男と女の声がする
ひそひそと
つつましやかな言葉の響き

蛙はどのように
鳴いていたか

――そして月の色は

数万年という時間をさかのぼって
藪のなかをさまよってみる

意識は林にこだまする鳥の声に吸い込まれ
はじかれ
木々の葉かげに隠れてしまう

Ⅳ

美しい時代は
途方もないヴェールにつつまれて
奥の深い闇の彼方に
いまも息づいている

縄文人にしてみれば
現代は一瞬のまばたきにすぎない

半人半蛙の土器
弓矢
復元された住居跡に
冷たい雨が降りそそいでいる

しずしずと
琥珀の幻影が
霧のなかを吹きとおってくる

Ⅴ

八ヶ岳の麓の村に
色あざやかに

紫の花が咲いている

狂おしいばかりに素朴な
原始から引き継がれる花

何も見えない
何も聞こえてはこない
ただそこだけにひっそりと咲く
山の花だ

花の中心から
遠い世界の雄叫び
衣ひとつ纏わない人間たちの
足音がわき上がる

夜
山の端に冴々と
大きな月がのぼってくる

VI

月をかすめ
矢がのぼっていく

コダーイの無伴奏のうた

しずもる休火山に
蛙の声

億年の哀しみは
天体を射抜いて海に堕ちるか

それとも

海王星の彼方に浮かぶ
もう一つの銀河の中心を射抜くか

VII

天体は
それで孤独か

ひとつ　ぽつんとあって
雨降りのなかを
富士にさまよい
霧にうたう

轟々と
地は鳴り
山は火を噴き
その間を人間たちの足音がする

裸形の顔
身に衣をまとう
原始の声がする

雨が体に沁み透り
夏である

VIII

秋はそっと足元に落ちている
季節はめぐってはこない
行き場を見失って
色褪せ
辺りに逡巡しているばかりだ

遠く戦火があがり
人は死んでも
そこに叫びがあっても
何もいわない時代の扉がある

殺戮のあったときの木々の間を
いま
裸身のままの男たちが駆け抜ける

黒土の上にひろがる
緑の上層に
アフリカ人的感性がのしかかる

古代人が
手品をしていて
ひっそりと
手の平に星をしまいこんでいる
口からは
燃え盛る太陽をのみこもうとしている

Ⅸ

月がのぼってきている
障子の向こうがかすかに明るい

蛙が鳴いている
時間を引き裂くように
白い喉をふるわせ
あれはうたっているのではない

現代の虚飾を
一つひとつ剝いで

太古にかえろうとする孤独のいとなみ
人間たちには馴染みの仮想現実をふりはらって
その身一点に
はるか月の彼方からおりてくる波動を受け止めて
　いるのだ

月が冴々と渡っていく
白帆をかけた船のように

おまえには聞こえるだろうか
――闇にひびく原始の叫びが

いのち

地球はまるい

映像では確かにまるくおさまっている
それを見る人の眼球はまるい
瞳もすっきりとまるい

鳥獣をささえる目
魚を深海に泳がす蒼い目
乾いた土おもてをはう黒蟻の目
数しれない虫たちの目

目と目が触れ
たがいに支え
ときに目と目は衝突し
弱い目を強い目が喰って同化する
どこかで人の赤い血が流されていく
人は不意に瞳を閉ざし忘却の淵に葬られる
風がのせてくる嘆き
ささやく恨みごと

鳥獣は
魚は
蟻は
虫たちは
まるい目の奥に悩みをもたない
――鳥獣がたとえ血を流し合っても
人は悲しまない

人が人の血を流し
無意味に鳥獣を殺し
生命を奪うとき
映像は一つの冷徹な記憶となる

遠い春
母が父と一緒に
四人の子どもの手を引き
広島の焼け野原を見たときの目
その場所で
外地から携えてきた白い米を飯盒に炊き
空にのぼる敗戦の煙を吸った

戦争について語らなかった父
敵の目を意識しながら
容赦なく人を瞬間に葬り
辛うじて生き残ってきた父
逝く前に
ようやくぽつりと残した断片

夏
せっせと巣づくりをする蟻
目の前に動く黒い点々
感触を楽しむように
無心に

一つひとつ
指先でつぶす小さな子がいる
日陰に涼み
母親はやさしくそれを見守っている

宇宙への信号を発信する
直径六〇メートルのパラボラの目
人気ない山腹にあって
叫びはしない
悲しみもしない
まして親と子の心の暗がりなど
映しようもないのだ

天体望遠鏡の目
ＵＦＯ
人工衛星
宇宙ステーション

進む火星改造計画
深まる謎　ミステリー
男と女のしなやかなまるい営み

漆黒の銀河の彼方から
じっとこちら側を見ている目がある

藻の詩想

だれもいない蓮池の
水面が揺れる
夕暮れを
寂寥は沈んでいく

古代から受けつぐ
花の命

蜘蛛はひとすじの糸を
底に落としている

あめんぼの描く刻の間に
静止する想い
残照のくぐもる影から
縄文人が顔をのぞかせる

不確かな形相のまま
指から洩れる苔色の数珠のぬめり
手の平にさらりと乾く
狂おしい祈り

小さなこの場所にも
風は汚れつづけ　吹きよどむ
黄昏れる
叫ぶことのない螺旋のいとなみ

詩集『白い記憶』（二〇〇七年）全篇

第Ⅰ章　白い記憶

白い記憶

八十歳を迎えようとするとき
父は地元の「医師会報」にと
自分の歩んだ道を
体験談を交え
口伝で私に書き記させた
戦時中に父が書いた
ガリ版刷りの戦時記録を
初めて目にしたのも
その時だった

父はどこに記憶を仕舞っていたのだろう
淀みなく正確に
日時まで入れて淡々と語り
私はそれを書き取っていく
母が時には顔をのぞかせ
口を挟んだりもしたが

昭和十年
父は予備役として台湾に渡る
中国での激戦から救出され
一度は帰国して後の応召だ
衛生兵から医師になった父の元へ
母は単身嫁いで行った
それから八年
広島と長崎への原爆投下
そして惨めな敗戦を迎える

しばらくは中国人を相手に
医療に携わっていた父だが
いよいよ帰国というとき
財産は没収され
白米一斗塩一升
ほかに衣類少々の出で立ちに
まだ幼い兄姉四人を連れ
引き揚げ者満載の貨物船に
父母はようやく乗船した

海は荒れ
苦しむ船酔いも
昭和二十一年三月三十一日
広島湾沖に一晩停泊しておさまる
DDT散布後
大竹港から上陸する

原爆投下から八ヶ月後の広島
広大な焼跡の一隅で
母は米を炊いた

「白いご飯の味は忘れない」
と語る老いた父の顔
国のために
一命を捧げんとした
一人の医師は
戦争の悲惨さと
生命への畏敬とが
気持ちの中で交錯し
思わず複雑な笑顔を浮かべる
敗戦の味を嚙みしめた家族
その時私は

母の胎内に宿され
臍の緒を通し
広島を感じていた
見えない目
聞こえない耳
動かない体のまま
わずかに心音だけを響かせ

生前父が低い口調で
(戦争だけは……)
と呟いた言葉は
かつて若いころに訪れた
原爆ドームの記憶と重なって
六十歳を過ぎた私に
いま　鮮明に甦るのだ

母

（1）

家を出ようとすると
母は追いすがるように
小走りに出てくる

アマリリス*の花が開いたよ

戻ってみると
大輪の白い花
みずみずしく凛として咲いている

よく見ると
ちょっと赤みがかっているんだよ
（ぼくには見えない）

花の中にのみこまれそうな
母の小さくなったからだ

二人でじっとみる

（2）

母はみるみる小さくなっていく
もう少しで峠だよ

あの峠を越えれば
あなたのもとめている世界が開ける

もうこちらを見ずに
ずっと前を向いて
歩いて行ってください
——先に旅立った人たちは待っています

ぼくは見送っていよう
あなたが向こうの
新しい国につくまで

いましばらく
時のたつのも忘れて

（3）

白い菊を手にして
母がほほえんでいる
花を愛した母だから
写真の奥から
声が聞こえてくるようだ

（花はまた咲くよ　これはもらって行くよ）

沈黙の時間がそこにある
動かない空間がそこにある
あのとき
あの瞬間
そのまま　現在
そして
永遠

＊　アマリリス　球根の鉢植えを誕生日にプレゼントしたもの。

兄

（1）

兄は三十六歳のとき
不治の病になり
まだ小さい子どもたちを膝に抱いて
近くの公園で最後の花見をした

蒼白な表情に
すでに死期を予感していたが
再入院して一ヶ月後
兄は無言のまま旅立った

自分のハンカチを湿らせ
死に水をとったのは母
母は嗚咽し渾身の悲しみを表した
それが精一杯
自分の子にしてやれることだったのだ

花見はいやだとつぶやいた母
以後　母は二度と口にしなかった
桜は離別を意味し
美しければ美しいほどに
離愁をさそう

あの日から二十七年

かつて兄が農薬会社に初めて就職をした頃
部品を購入し組み立てた自作のステレオで
ボリュームを気にしながら
二人　粗末な下宿で聴いた

「断頭台への行進」
——今は私だけの記憶になった

（2）

S大農学部で応用昆虫学を専攻した兄は
カメラの接写のほかに
昆虫の点描をよくした

石橋を叩いて渡るような性格で
根気よく几帳面に
自分が納得するまで
一つ一つ点を打ちながら
昆虫の絵を描いていく

何もかもがその調子で
おシャレな彼だったが
何がどう人生を動かしたのか
不意に病が襲ったのだ

S医大で薬理学を教えていた次兄が
開腹手術に立ち会ったが
すでに手遅れ
進行性胃癌
病名が分かってから
わずか半年で兄は逝った

何喰わぬ貌をして
時間は流れていく
その流れの無音の調べの中に
ふとつぶやいてみる

もっとゆっくり

もっとのんびりと

旅

旅人のわれも数なり花ざかり*

不意に
鶯か何かの鳴き声に似て
くるくると耳をくすぐってきたものは
列車に乗り込んできた東北弁
女子高生の明るい声
流れいく車窓の風景に見入る
傍らには友二人の輝く顔がある

酒田市での高校総体の夏　八月
弓を習い始め
わずか半年で優勝

受験勉強をやりながらの列車での旅だ
わたしたちは信州から飯山線経由で
親不知と反対側をさらに北上していた

大会当日
予選一回戦であっさり敗退

恩師に連れられ
最上川鉄橋を渡り
敗北を噛みしめ
仙台に入る

松島廻りの船の中で
芭蕉の句を口ずさみ
明るく笑い合っていたが
奇岩と海の青さにすべてを忘れ
青春の真中にまぶしさだけを刻み込む

十七歳のかがやき
この時から
わたしの旅は始まっている

＊井上井月《せいげつ》　江戸安政年間に越後から信州伊那に漂着し、明治二十年入寂までの三十年間、伊那谷を放浪した俳人。

捨てる

桜の季節になると
世界はなぜか哀愁を帯び
桜前線の先陣をきってくしゃみをする

花見というしかたで
人は死と向き合い
もっとも厳粛な一日の終わりを知る

その昔
武士は　潔く
美しいものと向き合って自刃した

今では
時も場所も選ばず
衝動的に死を選ぶ

自ら生を受けた命だからと
懸命に生きてきたのに
生きていくことへの
架橋をあっさりと捨ててしまう

過去　現在　未来
いまわしい時間の序列はすでにない

すべては無であり
無の一点から
有を現じている

時間

矢はまっすぐと
わたしの内奥に向かって
突き進む

かつては人を殺した道具だが
それは生きている魔物のように
わたしの血脈を遡る

一瞬のうちに
記憶のなかの白い的の中心が
鋭い音をたてて射抜かれる

わたしの生は終わり
静寂そして無

あとには
新たな時間が
命への芽吹きが生まれる

友

わたしの生は
日々　年老いて
無の世界に向かっている

泳ぎを知らなかった小学生のころ
夢中になってウシ*から
川の深みに飛び込んだことがある

遊びのなかで命を賭けた
度胸試し

いま生きているのは
溺れてもがくわたしを
水中から引き上げ助けた
友がいたからだ

　武士道とは死ぬことと見つけたり

今は亡き友の眼差しが
やさしく笑うように
それでいて
物憂げにこちらを見ている

＊ ウシ　坐かごに石を詰めて川に沈め、水に流されないように、太い木の丸太をウシの角のように組んであったもの。

肖像画

長い間　壁に掛かったまま
石のように
世界を閉ざし続ける
肖像画がある

さみしさは
さみしさの中に宿っている
さみしさがさみしさを離れ

遠く野辺の花路をさまよい
あるいは山嶺に憩う雲の影になり
時には落葉松の無数の針の
降りしきる音になり
たとえ冬山の雪渓に光る
目映い沈黙になっても
さみしさは
決まっていつも
さみしさに帰っていく

日差しに向かって
目をつむると
さみしさもまた
微かな温もりを連れ
意識の底にしずむ
寒い冬の一日

黄ばんでいく刻の流れを
鮮やかに遡ってくるのは
死者を頬笑ませる
漆黒の遺伝子たちだ

第Ⅱ章　離愁の朝

寄生木

雪は降りしきり
光の彼方から
こちら側に
さらさらとこぼれてくる

中空に生まれた

白いいのちが風に舞い
枯れた欅の枝先の
球形に吸い込まれる刻

緑に血ぬられた寄生木は
太古からの樹液をのみつくす
鬼の相貌をしている

木が倒れれば
やがて死ぬおまえ
息をひそめ　沈黙し
その領域を広げていく

実をつける季節には
陽光に身を輝かせ
鳥たちについばまれ
遠くへ運ばれ

やがて新たな宙を芽吹かせる

雪はなお降りしきる
巨木の梢に織り込まれた
おまえの目は
不気味に
それを消化しながら
じっと空をみている

墓標

八ヶ岳の裳裾にひろがる原生林は
秋に透け
落葉松のあかみが忍び入る

幻のように浮かぶ

山林のなかに開かれた草原
遠く　牛が憂鬱めく顔をし
もおおと啼く
あおい瞳の奥に雲を浮かべ
夢を咀嚼している

人と人との連なりとは
黒い土肌に霊気をかよわせ
やがて切り立つ稜線に触れ
霧となって一面を覆いつくす

林の奥から
すでに季節は消え
霞む路上を
男と女の足跡が点々と続いていく

浅間そして小諸

白いものが山稜の麓の辺りまで巻いている
あるいは硫黄くさい蒸気かも知れない
地殻から湧き出る不吉な予兆
ぐつぐつ　唄が聞こえる
蛙の声はしんとする

小さな喉元がかすかに揺れ
それはたちまち大きな地響きになって
地を裂き
足元におちている影を
のみこもうとする

ぱっくりとあいた

秘密の内側
燃えさかる炎に影は溶け始める
するとどうだろう
深紅の世界から地表に滲んでくる
ソナチネ色の刻

崩落を繰り返す岩肌に反逆するのは
億年を隔て
沈黙をし続けてきている
生命の源
暗黒を押し上げる鬼の排泄

峠路

山ふかく踏み入ると
曲がりくねった道は
尾根を空に屹立させ
峠へと通じていく
秋色に身を染め
瞳を周囲に投げては
一足ひとあし
ゆっくりと坂道をのぼる

湿る空気に
辺り一面　木々の憂い
静寂をぬって
人知れず呼吸しながら
峠の頂に消えていくのは
あれは昨日から今日へ
今日から明日へと続く鼓動の翳り

林の奥
鹿たちの息づかいに触れ

さらさら降り注ぐのは
あれは落葉ではない
地下から仄かに湧き上がる水音に似て
過去から未来へ
懸命に生まれ変わろうとする生命の軋みだ

数百年の夥しい刻の集積
峠路に佇む一本杉に
いったいどれほど多くのものたちが
想いを記したことだろう

やがては雪に埋もれ
自らを閉ざすおまえ
白い頁に
二度と同じ記憶を辿りはしない

離愁の朝

中原忍冬墓前に献ぐ

明け初める空の一隅から
あなたは微笑みの薔薇を投げる
それはただひっそりと宙を舞い
朝の裳裾に降りそそぐ

花々は色をうしない
ようやく遺影を包みこむようにして
山間の街にも降りてくる

街中をひとすじ
川が流れている

あなたは
独り
水のない川底を
静かに遡航し
青ざめたまま　消えていく

アルプスの山脈に抱かれる
無言の瞳は
あなた自身の骸を連れ
永遠の向こうへ
うつっていったにちがいない

離愁の朝
消えた瞳の奥ふかく
なお沈みこんでいくものがある

黒い石

眼下は断崖絶壁
深い谷の底まで見え
谷の向こうに活火山が浮き上がり
白い煙が立ちのぼっている

ふと足元の石塊を拾い上げ
手のひらにのせ
耳をあてると
何か呻くような声がする

沈黙をあつめて凝縮した時間
二万年の壁をやぶって
闇のきしみが微かにきこえる

自然の営みのなかで
かつて密閉した秘密を
おまえは語ろうというのだろうか

おまえの内部に光がとどき
息づかいさえ感じる刹那
そこから一羽の鳥が飛び立ち
やがて一点の影になって
谷を越え
煙のゆらぐ方角へ消えていく

光は石の闇なかに沈み
その重みの中心から　どろり
あおいものがにじみ出る

灰降りそそぐ

麓の村では
家々の屋根から農作物まで
灰燼に染まり
恐怖を覚えたその日
人々の気持ちは
間違いなく
不安の中だった

何日かして
夜の仄暗い
夢の頂に火映*が現れ
幻が赤々と燃えるのを見た

次の朝
山は何食わぬ貌をし
青空に白煙を棚引かせていたが
巨大な釜の中心から
いつ　火の玉を投げ降ろすか
機会をうかがっていた

ある日
積もった雪が溶けると
木々の葉に
萌黄色の粒痕が残っていた
辺り一面
地殻の夥しい爪痕となって
それは付着し
しばらくは人の目に止まったが
生活の中で拭われ
いつしか消えてしまった

＊　火映　火映現象。火口の底のマグマの働きで、夜間、山の輪郭が照らし出され、映じて見える。

九月

世界はなお暗く
差し込む光に
一条の救いをもとめているか

雨上がり
どんよりとするひとときの
谷間をぬって鳩が鳴いている

声はリズムただしく
途切れては

しばらくして
病者の吹き返す心臓の鼓動のように
たよりなく響いてくる

暗がりへと誘う
かすれた声の先に
辛うじて架かる虹の橋

無感動の日常の白い頁に
一滴の鮮烈な血を滲ませる瞬間
それは古代人の魂の祈りとなり
地の闇に眠る遠い時代を呼び覚ます

過ぎ去っていくもの
やがてくるもの

掌の上に溢れるものは
土笛のように低い風の音か

便り

黄昏への一日
死にいたる階段
陽炎のさえぎる向こうへ
うっすらと虹がかかっている

闇から光に向かって
体をつらぬく帯の先を
しずしず　しずしず
白い影を落としながら渡っていくものよ

忘れかけた記憶の淵の
小さな湖は

何も映しはしない
語りはしない

水辺にしずむ葦は
やつれた手を伸ばし
空をまさぐる

不意に　漆黒の宙から
瑠璃色の羽根　一枚

まばゆく染まる青さを
おまえは両の手に受ける

だが　おまえの体はすでになく
透明だから
すりぬけて
なお下に落ちてくる

すべてが押し黙るなか
ゆくえも定めず降りてくる

おまえが残していった
不確かな記憶と
そこに浮かぶ湖面に

雪が舞い　溶け込むように
空からの便りがある

詩人の魂

宙から舞い落ちる雪

白い海をせりあがる

刻の間に
一瞬
描かせる光る幻

静寂を
目に見えない糸でむすび
琴線をはじくおまえ

未完成の音曲の谷から
いま
新しい木々の枝先を
空に伸びる
息吹きがある

狂おしいほどの
言葉のつぼみをそこに隠し
おまえは
その小さな場所から
しんと
目覚めてくる

第Ⅲ章　茂兵衛と蛙

「あっ」と声を

まぶしい夏の入道雲を見上げて
殿様蛙は
「あっ」と
声を上げそうになった

「あっ」と
声を上げていれば

その瞬間に
隣の茂兵衛は死んだかも知れない

茂兵衛の連れ合いは
すっかり老いてはいたが
まだまだ
あと百年は生きられそうな勢い

茂兵衛には子がなかった
傍らにはいつも蛙がいたが
蛙は一跳びするごとに
茂兵衛の寿命を数えつつ
伸ばしたり縮めたり

「あっ」と声を出してはならない
天上の蛙は自由に人間語も話すが
地上の蛙は蛙語である

茂兵衛はいつも茂兵衛
蛙はどこまでも蛙

茂兵衛は
頑固で偏屈者
近所の衆からは何かと
白い目で見られていたが
猫の額ほどの土地を耕し
貧しいながらも
幸せな日々

……………………………

それから三五〇年
蛙は「あっ」と声を上げないまま
茂兵衛の連れ合いは死んだが
茂兵衛は生きている
茂兵衛は一向に死ねないのだ

生きたまま年を経て
茂兵衛はすでに茂兵衛ではない

都会

茂兵衛は久しぶりに都会に出た
そっけない貌の茂兵衛が
電車に乗っていても
誰も気がつかない
気がつかないというより
見えないのだ

すでに死んで何年もたった男や女たちが
青ざめて雑踏の中を行く
中には行ったり来たり
何度も

朝から夕方まで
一日中

茂兵衛も彼らに混じって
行ったり来たり
地下鉄の線路や
新幹線の屋根の上
上野の池の周りをのんびりと

夜
T駅の近くの地下階段に
段ボールをかむり
沈黙を呼吸する男がいる
茂兵衛が黙ったまま
過ぎようとすると
男はむっくりと起きあがり
口から何やら吐き出している

白い糸を

道を行く人々は
その男の体をすり抜け
白い糸の言葉を
全身に巻き付けたまま
いずこへか去っていく

茂兵衛は男に語りかける
男は茂兵衛に気付くのだが
声は聞こえない
男も何かを目で訴えているが
こちらまで届かない

風

茂兵衛には影がない
体のない体の中を
風が吹き過ぎていく
音なく
色のないまま
風はただ
茂兵衛の失われた記憶を
両手に包むように
はこんでいく

どこへ
一体どこへ

記憶は

風にはこぼれる落ち葉に似て
宙に舞い上がっては落ち
落ちては舞い上がる

落ち葉はぼろぼろに薄れ
朽ちかけた葉の裏に
Mという茂兵衛のイニシャルに似た穴がある

どこから
一体なぜ

茂兵衛はふと耳のそばに
人間《ひと》の言葉を感じる
温もりを感じる

風のささやく言葉が
茂兵衛の貌を撫でる
白い体の中心を
吹き過ぎる

木々の枝先にとまった
茂兵衛の体から
雫のように
冷たく青ざめた表情が
ぽとり落ちて
蛙の鼻面をかすめる

岩の中

固く口をとざす大きな岩の中に
茂兵衛は何年も
何千年もいたような気がした

暗い闇の内側から
外側の光がかすかに
遠くうっすらと
見えるような
見えないような
外界と遮断された世界は
そのまま
自分の
非在の内部へと通じている

岩の中にある水が
じんじんと鳴る
何とも日常を越えた
世界にとどまり
茂兵衛は黙して語らず
ただじっと耐えていたが

外から冷たい風がしみ通って
茂兵衛を光の世界へ誘った

大きな岩の上には
蛙がのさばっている

茂兵衛が岩の中から現れると
蛙はじっとしたまま
茂兵衛を睨みつけるように
「ゴトッ　ゴトゴトッ」
と鳴く

その刹那
茂兵衛の見えない体が
ふわふわと浮き上がり
空の方へ
光の方へ

引き上げられていく
茂兵衛は空気のように
自在に漂いながら
やがて山の方へ消えていった

縊死した男

（1）

「闇は闇でもかすかに光が差し込んでいる
完全な闇は死である」

空の方から
光の方から誰かがつぶやいている

山の中腹にあるのんびりとする
広い原っぱの真ん中あたりに
松の木がたっていたが
そこで
縊死した男がいる

目はやさしく閉じたまま
しゃんと伸びた体は
まっすぐと
神々しく前方に開かれていた

頭を少しうつむき加減にし
手と足は
左右対称にだらりと下げている

喪服をつけた男の
自らの死

光はもはや差し込まない
茂兵衛は男の闇に入ると
自分の体がくっきりと輪郭を取り戻し
かすかに浮かび上がってくるのを覚えた

自分はすでに死んでいるのか
あるいは生きているのか
茂兵衛は苦悶する

「おまえは少しずつ死にかけているが
おまえの中にはまだ光がある」

空の上から
光の中心から何者かがふとい声を響かせる

茂兵衛は動かないまま
闇に照らして見る自分の体を
うっとりと
いつまでも眺めている

（2）

自然に生きるものの中で
人間だけが
自らの命を絶つ

男は光の世界と隔絶するために
この山の中腹までやってきたに相違ない

原っぱは静かに男を迎え
松の木は
梢の頂きに男を誘う

風がそよともしない朝
男は太い松の幹を這い上がり
持ってきた紐をわっこにして梢の枝にかけ
あっさりと首を入れる

ああ　これですべてが終わるのだ
男はつぶやくように
最後にぽつんと安堵の涙を落とす

体はずしんと
下方に衝撃を残し
男の意識を闇に沈める

茂兵衛は失われた男の意識を
闇の中心から
ずるずると手元にたぐり寄せながら
手のひらにのせる

男の言葉は
茂兵衛の手のひらの
指の間をたちまちすり抜け
一粒の雫になって足の先に結晶する

命を闇に葬った男の
無言の抵抗は
そのままいつまで
風に吹かれているのだろう

男の中の闇
そこから滲み出るものを
光は少しずつとかしていく

光

闇の中から声がひびいてくる
誰の声かわからないが
かすかに風鈴の音に似て

「もう十年くらいになるかい
おまえさんがこちらに来てから」

「いや　俺はもう二十年かなあ
数えたこともないがね」

「あそこに　またひとつ
ほら　もう少しで………」

「そうだね　あとほんの少しだ
あっ　生まれた！　生まれた！」

「つい昨日のものと
また　ちがっているよ」

「ちがうから　きれいなんだ
大きさもちがうよね」

茂兵衛は縊死した男の体の中で
じっと聞いていた
小さな生まれたばかりの光を
身じろぎもせず見つめていた

光は茂兵衛の目の前まできて
まるで蛍のように乏しい明かりを
ちかちかと瞬かせている

茂兵衛は重ねてみる
ずっと以前に逝った母のこと
一瞬のできごとのように
ふっと消えていった蒼白な面影を

声がひびいている
小さな貝殻の風鈴の音になって
「きれいだねえ　何という輝きだろう
まるで星が生まれるみたい」

闇と光と

茂兵衛はふと我に返ってみる
それは現実なのか

あるいは異次元の世界なのか
だれも知らない
茂兵衛さえ気付かない

茂兵衛は
自分の意思のとおりに
念じれば自在にどこへでも移動できる

闇の世界と
光の世界と

彼が望めば
宇宙のおよそ何万光年の彼方も
夢ではなかった

不意に茂兵衛が闇の外に現れると
岩の上の蛙は

じっとしたまま
茂兵衛を睨みつけ
「ゴトッ　ゴトゴトッ」

機械仕掛けの古い玩具が
鈍い音を立てるように
それは
「ゴトゴトッ　ゴトッ」
と不気味に鳴いた

闇の中で生まれた小さな光たちは
やがて輝く絨毯になって
空にのぼり
闇は闇をつらぬき
どこまでも続いている

茂兵衛にはなぜか
闇の存在が
手にとるようにわかるのだ

茂兵衛は
蛙の鳴き声に
少しずつたぐり寄せられていく

遠くマゼラン星雲の彼方へ

蛙の鳴き声はすぐ近くの
茂兵衛の目の前の岩場らしかったが
あるいは　茂兵衛との距離は何万光年も隔たって
遠くマゼラン星雲の彼方だったかも知れない

茂兵衛はそのまま
蛙にたぐり寄せられ

目に見えない世界を
ずんずんと進んでいった

闇を両手でかき分けるようにすると
茂兵衛の手の先で
闇は光に変わり
外の光は闇になって
意識の中に入ってくる

闇はどこまでも冷たく
光はあたたかく
それらが混ざり合うことはなかった

茂兵衛の中では
闇は闇を失い
光は光でないまま
ただ混沌としている

混然とする空間と時間の中を
茂兵衛は
何者かの力に運ばれ
次第に加速をし
やがて光速をはるか超えて
一気に宇宙の端までやってきた

夕暮れ時
陽は中天に没しようとしていたが
海はまだ蒼く澄み切って
底の様子を揺らしている

茂兵衛以外には誰もいない
音のしない星
それでいて
何かの存在をうかがわせる

不思議な星

消滅

明け方に近い感覚で
茂兵衛はかすかに
光を宿していた

光はもうすぐ消えそうで
それでいながらなかなか消えそうもなく
いつまでもそのまま
ぼーっと走馬灯のように
茂兵衛を照らし続けてきた

いま　見知らぬ星の一郭に
茂兵衛は　ひとり

ぽつんと座っている

何をするわけでもなく
何を考えるでもなく
また
誰と話そうというのでもなく

茂兵衛はさみしくはない
闇の中で
はっきりと見えたはずの
茂兵衛の体はすでに見えない

意識すらも消えかけようとするとき
茂兵衛は遠くかすかに
母の声を耳にしたような気がする
自分のすべてを許すような
母のやさしい眼差しに触れたように感じる

人間だったはずの茂兵衛が
自分の体を失い
意思だけで生かされてきた永い時間も
一瞬の間のできごと

……………………………

茂兵衛の頭上で
不意に誰かが
「あっ」
とまぶしそうに声をあげた

「へぇ・の、へぇ・の、も・へぇ、じぃ……」

「この落書きはいったい誰が描いたんだろうね」

「いつ頃のものか。かすれて、もうほとんど見えないよ」

エッセイ

詩論（二）

詩の原風景は、作品として必ずしも完成されたもののなかには辿れないのかも知れない。言葉のつぶやきに似たものの内にも内蔵され、そこに詩人として存在する意味が隠されているのではないだろうか。

佐久の地に居を構えて、ふとしたことから地元に半ば埋もれていた詩人の存在を知った。

この秋九月、『三石勝五郎全詩集』（全一冊・ぶっく東京）が出版された。解説は詩人・民謡研究家の佐藤文夫さんで、勝五郎の人と作品を解明している。勝五郎は明治二一年、臼田青沼村の生まれ。野沢中学から早稲田大学文学部を経て、一九二〇年代に啄木、白秋、西条八十、犀星、三木露風の活躍する詩壇に詩集『散華楽』『火山灰』（新潮社版）で華々しい脚光を浴びて登場した詩人。一九七〇年代の八八歳まで生きて死ぬまでの評価はまちまちで、今回ようやくの刊行であるという。

「現代詩」という言葉は甚だあいまいである。明治・大正・昭和・平成という年号でなく、詩人を支えた時代は生きているかぎり、時間の連続の上にあるわけであり、その意味で常に現代である。この詩人の生きた時代はすでに過去といってもそう遠くない話。いま、詩は読まれているか。この課題の上にたって考えるとき、いつの時代も詩はどちらかといえば、一般には膾炙されないものとして細々と生き続けてきたのではなかったか。この全詩集発刊の前、出版元の社長と勝五郎をよく識る近在の人が不意に訪れ、社長自ら作成した原本を私に見せたが、少なくとも短い抒情詩で今では古い前世紀の遺物という印象を抱いた。全詩集を手にしてみると、今をもってなおこの詩人の全詩集が発刊されるのはなぜか。今まであともう少しというところで出版されなかった理由は何か。疑問が生ずる。

私の家に残されていた一篇。詩集には掲載されていない未完の詩をここに紹介する。

三石勝五郎

（無題）

近所の井戸水をもらはずに
千曲川へと汲みに行く
文さが辿る霜の道
鳥啼いても気にかけず
墓に残る柳一つ

α

たにし田に居て
文さを招く
化学肥料はごめんだよ
なるほど稲の穂は出たが
やせて乾かしすいろ泣く

α

文さはなんでも知ってるが
文さは時に役立たず
村にかくれて一人住む

α

芋煮て食へど
貰わばねずみに食べさせる
ランプの下で書を読めば
文さ居たあと風が吹く

かつて私の家の庭内に住まわせていたという人がここでは「文さ」として登場している。井戸水とは今は厚い鉄板の下に眠る古井戸のことである。時折、遊びにきたらしい。「自然・労働・漂泊」をモットーとした勝五郎がどのようなとき、どんな心情でこの荒削りな言葉の断片を残したものかは全く知らない。しかし、この詩一編をみるとき、これは抒情生活詩であると私は思った。当時の時代相をそのまま映している。千曲川の水は飲み水としても充分であったわけであり、家に棲む鼠とも共存し、他者へのきちんとした節度が垣間みえる。「化学肥料はごめんだよ」というのは、時代への反骨精神の表れであると考えられる。「村にかくれて一人住む」というのは、一体何か。早稲田の文学部を首席で卒業した勝五郎が、郷里に生き、どのような心境であったかを物語っている。臼田に限らず精神風土的には、俳句が主流の土地であり、そこに詩という世界を持ち込むのは、実に大変なことであっただろうと思う。因《ちなみ》に彼は俳詩という分野を正面から築こうとしているふうにも見える。

平明で解りやすい詩だが、そのなかに作者の思想の片鱗がみえる。世間から歓迎されるというよりは、世間に背を向ける意思を充分うかがわせる詩である。

詩を書くという行為、書き続けるということは、思索を必要とする。短歌や俳句は一つの形式があって、そこに言葉を一定の規則に従って、象眼していく楽しさがあるだろう。短歌とはこういうもの、俳句とはこうだ、という意味付けが伝統的にも成り立っている。

短歌・俳句は一度に多く詠まれ、心の機微と言葉の使い方が作品を左右するのに対し、詩は必ずしもそうではない。詩には形式も規則もない自由さがある。大まかには行分け詩と散文詩の違い、また、一部には記号のような形の詩はあるにしても。口語自由詩という言葉が示すように、基本的には何をどう書いてもよいわけであるが、詩として成立するには、やはり一つの条件があるように思う。思いのまま綴った単に日記のようなものでは詩にはならない。詩を書いていく上で必ず経験する「言葉の連関」をどうするか。無駄な言葉をどう削り、内容として何をどう構成するかが問題となる。そこに作者の思想あるいは詩想がなければ、と私は考える。

今、詩はやさしく、読者がわかるようなものへとの動きが強いように思う。裸になって詩を書く必要があるとの主張が強い。しかし、生活そのままを綴ってもどうか。それは、かつての三石勝五郎のような生活詩に陥ることになりはしないだろうか。ここには、言葉の実験も何もないし、新しいものを追究しようとする姿勢もうかがえない。

村野四郎がその詩論の中で「詩はすぐにわからなくてもいい。却って読者にそれを理解する力がない」というような意味のことを書いていたことを考えると、もうこの考えは今の時流に合わないこととして一蹴されるかも知れない。まして、敗戦後の詩は『荒地』『列島』から出発し、もうすぐ五十五年になろうとしている現在、詩そのものの在り方が見なおされようとしているのは事実のようだ。

六月の東京詩話会で長谷川龍生氏（七三歳）の講演を聴いた。一九五〇年代、左翼詩の代表的存在。講演前日、夜中の十時四十分から朝の三時三十分までかかって自分の詩を書き上げていく過程の意識（ひらめき）を中心に解説しながら、一篇の詩が出来上がるまでのことを話された。「詩を考える—詩は言葉を彫る」

詩は自分という人間を彫る。詩人という人格を彫るということは、「伊那文学」60号での土橋治重氏の「内奥の心の苦しみを前に推して推して、言葉を削り、削って詩は生まれる」という話に共通していく。

人は彫る
かたちをつくる
のみの刃先を静かにみつめ
ふりかかる新世紀をさきがける
日々の業（なりわい）の素直な実像
歩き続ける脚と一本の道を彫る

この最初の六行。現在の瞬間から永遠の方（未来）をめざして自分を穿つ。自分という人間には四つの要素があるという。「自分の内部に育つエスプリのようなもの」「自分の身体」「ハート（心）のかたち」「魂のかたち」自分のイメージの中の一つの幻想的な状況に最後はリアリティー（知の流れみたいなもの）をもたせる。詩のおもしろさとは何か。「日常から入って日常へ抜けていく詩」あるいは「非日常から非日常へ抜けていく詩」はつまらない。書かない方がよい。無駄だ。日常から非日常へ入る壁を突き抜けて、再び日常へ入るときの壁を突き抜けるときが実におもしろい、という。

詩人にはタイプとして「癒し系の詩人」と「エネルギー系の詩人」に分けられ、前者は例えば谷川俊太郎で体制の中でジャーナリスティックに動かなければいけず、詩はうまい。しかし、後者の場合は詩を読ませて、読者の中でエネルギーを燃やして活性化するもので、詩はがさつであまりうまくない。（あなたの詩は果たしてどちらだろうか）自然とは厳しいもので、その対象を剝ぎ取っていくこと。大衆はいるのに、いないぐらいのところへ出なければいけない。他者はいるのに、見えないぐらいのところへ。自然の中で人間は自己を変革していかなくてはいけない。この新世紀にあって、多くの人たちとの接し方は、一つの哲学（哲学的思考）でもっていかなくてはならない。活動・運動が必要である。

「詩人の姿」とは「自分を彫っていくこと」それは自身なのか、影なのか、仮象なのか、沈黙なのか、知なのか、夢魔なのか。万象ゆくりなし。詩人というものは、どう生き抜いていくか。そこに、最終という詩を見つけなければならない。自分の魂の中から、もう一つの別の魂が突き抜けていく出発をしたい、と長谷川氏は結んだ。最後に「社会力学」「政治力学」が詩人に影響を与えるのであって、社会性・政治性は詩人に何一つ影響を与えるものではない。力と力の戦いがあることを決して忘れてはならず、詩人はそこに巻き込まれてはいけない、と述べてこの講演は終わった。

現在の瞬間から永遠の思想（生活・社会・哲学）をめざす詩とは何か。「夢みる力」「青春のありか」がなければ、詩が穿つことはできない、と氏はいう。このことは、はからずも詩人の原風景へと通じていく一つの論であると私は思う。励まされると同時に、詩を書いていく上で魂がふるい立つのを覚える。

ホイットマンの「開拓者よ！　おお開拓者！」の詩にその昔、自分の気持ちがふるい立つのを覚えたように時代も世界も異なるが、よい詩にはそれを読むものの魂そのものを大きく揺さぶる力があることは事実であろう。時には、心を癒す力もあって今の若者を捉えている現状もあるが、それだけでは何か物足りないと私は思う。読者の心に入って、起爆剤となって働き、燃え上がる炎になって明日に立ち向かうほどのエネルギーを秘めた詩は生まれないものだろうか。

「現実」と「非現実」の間に立ち塞がる壁。自分という存在の壁を突き破ることは、そう容易くできることではないが、詩作の上で絶えず心していかなければならないことと思えるのである。


「伊那文学」61号（二〇〇一・十一・二五）

詩論（三）

「自然とは厳しいもので、その対象を剝ぎ取っていくこと。大衆はいるのに、いないぐらいのところへ出なければいけない。他者はいるのに、見えないぐらいのところへ。自然の中で人間は自己を変革していかなくてはいけない。この新世紀にあって、多くの人たちとの接し方は、一つの哲学（哲学的思考）でもっていかなくてはならない。活動・運動が必要である。」

長谷川龍生氏の講演に触れて、もう少し考えてみたい。自然との関わりにおいて、人間も含めて動物・植物の営みのすべてはそこに生かされていて、その連関の中で生死という摂理に組み込まれている。

昨年十一月一日に発行された水崎野里子編による日英対訳現代日本詩アンソロジー『ドーナツの穴』（土曜美術社出版販売刊）に谷川俊太郎の「飛行機雲」という作品

が掲載され、英語に翻訳されている。

飛行機雲
みたされぬあこがれに
せい一杯な子供の凱歌

飛行機雲
それは芸術
無限のキャンバスに描く
はかない賛美歌の一節

(この瞬間　何という空の深さ)

飛行機雲
そして——
春の空

抒情詩としてすっと心に溶け込んでくる。空という無限のキャンバスへの憧憬が半ばつぶやきのように語られている。賛美歌の一行に置き換えることによって深みのある美しさを回復している。が、何故かここから先には出ていかない。虚無の世界を感じる。
またもう一つの「一本のこうもり傘」では、

ぼろぼろの一本のこうもり傘から
僕はひとつの歴史を嗅ぎ出した
嗅いだからには食べねばならぬ
その辛さに
僕は思わず涙を流した

ぼろぼろの一本のこうもり傘は
それでも骨をもっている
それでも雨を防ぐのである
こわれ果て　燃しつくされてしまうまで

一本のぼろぼろの一本のこうもり傘に、歴史を象徴化し、自分という存在をもそこに押し込めているようにも思われる。歴史のもつ辛さと流す涙、で一気に歴史というものの意味を詩人は問うのである。物心つかぬ頃に私は「やぶれたこうもり傘……」という確かどこかで耳にした歌を知らず識らず口ずさんでいた記憶があるが、これらの二編は癒しといえば癒しになるのだろうか。「癒し系」という言葉そのものが、今の流行語であることを思えば、癒しの意味を今、問わねばならないと考えるのだが。

　詩では、言葉の内在化ということが一つの詩法として重要な鍵をもつ。哲学というものが、深い思索によって存在を内在化し、その暗がりから言葉を引き出してくるように、詩においても同様なことがいえるのではないか。詩作のモチーフが、日常のできごと、自然であれ人事上の出来事であれ、たとえごく簡単な言葉を使って表現するにしても、目の前にある対象や現象をそのまま詩にするのでなく、一端ぶち壊した上で構成する必要があると思う。壊す過程において、それまで見えなかった部分が見え、そこに存在する真実が浮き彫りになってくることがある。

　冨長覚梁詩集『そして秘儀そして』の中に「炎」という詩がある。

賑わいからはずれた壺の底のような山の里
一躰の地蔵が　暮れていくときに眼覚め
みずから點した何十もの
蠟燭の炎の揺れに　心を通わせている

これらの炎のあかりを　背に受け
山の奥の細道を歩き
立ちどまって振り返ると
木々たちが　山の骨のように
遠くの炎を受けて　浮きあがっている
その骨の間に　見え隠れする
小さくも確かな炎

再び振り返ってみると　すでに
その炎はなく
眼をとじると　心の奥で小さく揺れている

その炎を　みずからの肋の奥に
囲みこみ
果てることのないこの山の道を
〈永遠〉と　蒼白く出遭うまで
歩いていく

山里にある一体の地蔵。菩薩が点す炎をモチーフにし、それを山里の自然（木々の姿）に広げ、自己の心の世界に取り込むことによって、作者自身の〈世界内存在〉としての在り方を見事に表現した詩といえるだろう。詩作するものの一つの姿勢が見えてくる。

有限な存在である人が、〈永遠〉と邂逅《かいこう》する瞬間は果たしてあるのだろうか。ここでは、木々の姿はすでに内在化された外の形象であり、振り返るとそこにはもうない。振り返る行為は、過去を意味し、そこから転じて、自己という一つの宇宙に点す炎として囲み込む現在。そして、前にある永遠世界はこれから先のことである。詩人としての使命感といったものを確実に感じることができる詩である。

古典的だが、古代ギリシャの哲学でよくひきあいに出されるプラトーンの「洞窟の比喩」を彷彿《ほうふつ》とする。洞窟内に点る蠟燭に映る物象は影のようなものであり、虚像であって、それを見続ける人間たちは真実を見ていない時代の囚人（愚者）というわけで、誰も経験したことのない洞窟の外に出て新たな世界を発見し得た賢者からすれば、それは虚という比喩。ここに伝統と対峙し、そこから一歩脱して、創造的に新たな世界に気付くことの意味を見出す思いがする。

〈永遠〉との出会いのテーマは甚だ大きな課題であると思う。

B・ラッセルは『西洋哲学史』（上巻）の中で「詩人

たちは、自分の愛するすべての対象をとり去ってしまう時間というものの力を、嘆いてきたものだ」さらに「哲学的心性を持つ神秘家たちは、時間の中にあるものすべてが無常であることを否定し得ず、限りない時間の中での恒久性としてではなく、時間的過程全体の外にある存在としての永遠性、といった概念を創案してきている」と。そこで、引用しているのが、十七世紀イギリスの神秘的詩人H・ヴォーンの詩である。

　この間の夜、わたしは永遠を見た、
　純粋で果てなき光の巨環のようだった、
　輝いていたが、すべて静かだった、
　その下で時間は、日から月へ年へと、
　さまざまの球體に驅り立てられて、
　巨大な影のように運動し、その中で世界と、
　その一行のすべては、ふり飛ばされていた。

ここに読み取れるのは少なくとも、この詩人が見た〈永遠〉という真理であり、無常ということを超えた何かである。ふり飛ばされていた「世界」「その一行のすべて」とは、自分の生かされる世界と世界内存在としての自己（詩の一行に凝縮したもの）と考えてよいだろう。無常ということが、時間という概念から生まれてきていることは事実としても、その時間の外にあるものとして〈永遠〉という概念が位置付けられているところに、神秘的といわれる所以がある。

　今生きていく時間の連続の中に一瞬、純粋経験として〈永遠〉は姿を現すのか。或いは、時間の全くの外側に〈永遠〉はあるのか、この捉えが問題となる。

　実はこの詩の七行に二十歳の頃から捉われてきていた自分に、今さらはっとするのである。

　詩は過去形であくまで事実のようにして書かれているが、今これを現在形に変換するとどうだろう。

　今宵、わたしは永遠を見ている
　純粋で果てなき光の巨環のようだ

輝いているが、すべては静かだ
その下で時間は、日から月へ年へと
さまざまな球體に驅り立てられて
巨大な影のように運動し、その中で世界と
その一行のすべては、ふり飛ばされていく

詩の表情ばかりか意味さえが、がらりと変わっているのに気付く。次元というか位相が異なってくる。

このことは、詩作する上で、例えば自分の詩を現在形で書くか、或いは過去形で書くか、といった問題に通じてくる。通り過ぎていった過去の時間として、目の前にある事象を捉えるか、通り過ぎていこうとする瞬間を現在のまま捉えるのか、また、未来的に予想される事象を「だろう」表現で捉えるか。

過去形で表現する場合は、いきおい詠嘆的な回想に終わってしまうことが多いし、第一、日記的な詩には多くみられる現象であろう。たとえ過去の出来事も、現在に引き戻して表現するなら、その作品によっては生命を吹き込まれる場合もあると思う。また、将来的な問題を未来学的に作品に扱う場合は、かなりの力量がなくては、単なる空想的なものに堕してしまうだろう。〈現在を生きる〉ことからすれば、やはり私の場合は、現在形の表現をとらざるを得ない。今まで詩作をしてきて辿り着いた結果であり、他の詩作品をみる一つの視点ともなっている。

短歌的抒情の否定から戦後詩が出発し、詩作の上で様々な実験が行なわれてきているが、そこに得られた成果とは何か。現在の風潮に捉われずに、先ずは、自分の詩の持つ意味について見極めることから出発したいと思う。

「伊那文学」62号（二〇〇二・五・二〇）

詩論（五）

そもそも詩における生あるいは死の領域とは、一体何か。人は生を受けた瞬間から死に向かい、存在としての歩みを始める。生命あることは有限である。その有限なる生の歩みは、一部は他に触れ得ても、その人個人の意識の中にあって、決して人には開示されはしない。まして、共に共有するものではなく、閉塞した闇の内にその人だけの記憶として静かに息づいている。ここに個人という、世界に二つとない小宇宙というものがあり、人としての尊厳、生の意味があると思われる。

死はその瞬間にそれを断ち切って、生そのものを永遠の淵へ投げ込む。けだし、永遠というのは、生の中においてのみ考えられる一つの概念であって、時間の永続性ということに関与している。死後の世界を「虚無」とするか、あるいは「魂として存在させる」かはその人の価値観の問題であり、詩表現に通底する課題であるといえる。死後の世界に赴いた人の魂の永遠を信ずることは、例えば現在の宗左近氏のように、一種の宗教性或いはそこから創造して詩の物語性を生むようにも考えられる。「永遠の時間は、はじめもなく終わりもなくつねに現在である」と書いた杉山平一氏。「永遠より長い瞬間　夜の虹」と宗左近氏はしたためている。丸山薫はその詩「美しい想念」の中で、

夜中に星が煌めくように
真昼の空に星があると
そうおもう想念ほど
奇異に美しいものはない

と書いている。詩の創作について考える上で、そこに言葉の秘密が隠されているような気さえしてくる。抒情における詩芸術への一つの道標と言ってもよい。

丸山薫の作品について、井上靖は『丸山薫全集』の編

集に携わり、全集二に収められた昭和二三年以降の詩集『青い黒板』（二三年）『花の芯』（二三年）『青春不在』（二七年）『連れ去られた海』（三七年）『月渡る』（四七年）『蟻のいる顔』（四八年）の六冊の詩集に触れ、丸山が四十九歳から七十五歳までの二十六年間の後半生の仕事のうちで、「丸山薫は五十歳前後に於て、それまで長く長く続いてきた少年期と訣別し、直ちにそこに迫っていた老年期に足を踏み入れたのである。そしてそれから十六年がかりで、詩人丸山薫の中で、老年の翳りは徐々に深まっていったのである」と書き、丸山薫の詩法に関わって、「丸山薫は己が孤独と憂愁を謳うのに、多くの場合、自分を取り巻く物象の中に入って行く方法を採っている。（中略）この丸山薫を独自たらしめた方法は、おそらく方法といったような意識したものではなくて、詩人としての資質に関する生得のものであったろうと思われる」と記している。

　さらに「晩年に至っては、丸山薫は物象の中に入るより、直接に自分の心を書き記してゆく方法を多くとるようになっている」と書き、作詩の時期から詩集『月渡る』を最後の詩集とすべきかと思う」と結論している。詩集『月渡る』は、昭和四七年九月一日に潮流社から限定三百部（Ａ４判。詩の題名はオレンジ色）で発行されたが、奇しくも私の手元に一冊がある。出版案内が届いたので早速購入したものだ。この詩集について、井上靖は「詩人丸山薫が死に臨んで、生涯の主題であった孤独と絶望を一番大きい振幅で謳っている」と述べ、昭和四八年に編まれた最終詩集『蟻のいる顔』の中の詩「恥辱の形」を重要視している。

月をよぎる地球の影でもない
太陽を隠す月の影でもない　あれは
宇宙の圏外から差す　黄昏の影
いつかは必ず僕にも這いよってくる
僕の耳目を覆い　呼吸を塞ぐとき
僕は僕を離れる
いっぴきの蚤といっしょに

朽葉いろに變って爪先を伸ばした僕
もはや僕ではない衆目の中の恥辱の形を
なお白布をはねのけ覗こうとするのは誰か！

老いた野象が一頭　群れをぬけて急ぐ
密林を押し分け　流れを遡り　瀑布をくぐって
未踏の洞穴ふかく　みずからを棄てに

地平はるか　黒煙があがっている
兵士達が銃を斜めに跨ぎ越すその足下
蠅のように両手のひらを交叉し俯伏せている男
彼はアラーの神を賛《たた》えているのではない
熱砂に捺《お》された　聲なく動かない刻印なのだ
恥辱のその形が　いま
世界の目に曝《さら》される

この詩は、作者自身が自分の死を予感し、生から死への位相を一瞬にして捉えている。第一連の終わりの「僕の耳目を覆い　呼吸を塞ぐとき／僕は僕を離れる／いっぴきの蚤といっしょに」は見事にその瞬間を押さえる。

　詩人丸山薫の場合は「長い間、己が心の中に少年を住まわせていた。しかし永遠に少年を住まわせておくことはできなかった。暗く重い戦争が終わってからそう何年も経たないある日、ふと遠く行手に死の海面を見なければならなかった。その日から少年に替って老年が、この詩人の心の中に居座ってしまったのである。青春が入り込むことができなかったように、壮年もまた入りこむことはできなかったのである」という井上靖の言葉どおりであり、詩の生死について深く考えさせられる。

　詩人にとって、その詩はどこから出発をし、どこに終息していくのだろうか。敗戦の翌年に生まれた筆者にとっては、戦争の重圧というものについて、その体験の片鱗すらなく、戦争について語る資格はないと思う。だが、「団塊の世代」と一括りすれば、その頃生まれた全く戦争を知らない詩人たちも、早や老いの世界に入り込もうという現実がある。

最近、私の所属する同人誌、詩と批評『岩礁』で「同人詩誌評」（三回目）の項を担当することになった。代表の大井康暢氏から昨年十二月から一月にかけて、全国各地の同人詩誌が少数の文学誌や会報も含めて一六〇冊程届けられた。全国では約三千の文学同人誌があると聞いているが、送られてきた同人詩誌に目を通すのがやっとで、全く忙殺される思いがした。

その中に、豊橋市・豊川市の同人十一人による『風紋』十二月・創刊号があった。豊橋といえば、丸山薫ゆかりの地である。そのあとがきに、「……九十歳を超えてなお、詩への情熱を燃やしつづけておられる岩瀬正雄先生もいらっしゃいます。偉大な足跡にどこまで近づけるか、それは未知数ですけど、皆様のご教示をいただきながら、会員一同励んでいきたいと存じております」とある。小さな同人詩誌だが、各同人の詩に続き、最後に「風紋の椅子」という項を設け、平松憲氏の随想が掲載されている。その中で平松氏は帰化植物セイタカアワダチソウについて、「日本の風情すら脅かしかねない勢いで繁茂した。それがいつしか、自家中毒症にでもかかったのか、いっときの勢いは少し衰えて、草丈すら小振りになった感がある。この土地に身の丈を合わせ、他の植物と競合しながら、日本の風景に溶け込もうとしている殊勝な姿に見えだしたのも不思議である。しかし、自分本来の花の色を失うことなく、風にそよぐさまは、異文化として渡来し、消化され、何時の間にかこの地の文化にしてしまった、どこやらの国の人間の営みすら連想させるのもおもしろい」と含みのあることを書いている。

確か十四、五年前の六月、丸山薫の疎開地である山形県の岩根沢を人に誘われて訪ねた。丸山薫詩碑保存会で毎年主宰している総会の講演会で、杉山平一氏の話を聞いた。前夜の宿泊先で三四子夫人と話す機会があり、その時、「いずれ丸山の後を継いで、詩の会が豊橋に生まれればよいですが……」としみじみと語った夫人の言葉が今でも生々しく、耳の奥に残っている。

井上靖が「恥辱の形」を取り上げたのも丸山薫という

詩人を標榜し、抒情詩人として世代を代表する丸山の作品を最後の詩としてそこに留めておきたかったに違いない。実際、詩集『月渡る』は、そのほとんどがその時の生活の中からのもので、以前の作品に比べ、創作性に乏しい。宇宙に向かって羽撃《はばた》こうという意思すら見えてこないが、大げさな表現を嫌う詩人は、概してそうなのかも知れない。病室で月を眺めながら、詩人は、やがて来るであろう死と対峙し、恐らく自分という宙に触れた世界を見ていたのだろう。それは逆にある意味で、時代の行方、詩の動向を示唆していたようにも思われる。

丸山薫の散文詩「月渡る」。「夜を掃く朝の光に月はしだいに光を失って、窓の西側の隅に押しやられていた。そしてついにそれも白く淡々しく、スープ皿の一とカケラとなって空の奥に消えていこうとした。そんな月に私はいつも心の中で「さよなら」と言った。自分の命もまもなくあの影のように空間に帰すると思ったからである。だがとたんにバカヤロー！早く顔でも洗ってこいと大声叱呼を浴びせられた。東の山の背からその日の太陽が昇り始めたのである。」実に、泣き事をいうな、とばかりに驚く詩だ。抒情ということの本質に迫り、海の詩人といわれた丸山薫は、この詩集から二年後の昭和四十九年十月に他界した。このことにより、詩壇は抒情詩の世界における中心的存在を失い、ある意味で一つの抒情の時代は終焉したと考えるのが妥当といえるかも知れない。

現在、茶の間に登場するＮＡＳＡのスペースシャトルコロンビアの事故にしてもアメリカのイラク攻撃の問題にしても、詩人は、その世界が全く異なるにせよ、やがて到来する時代相を不思議なほどに予見するものだとつくずく考えてしまう。

二月十五日に新藤涼子氏の講演を聞いた。演題「吉原幸子の詩の世界」で、一人の女性詩人を支えたことから滲み出る話は聴衆を魅了し、唸らせるものがあった。その中で「宇宙連詩プロジェクト」（みんなで宇宙の詩を書こう！）のことを聞いた。これは、宇宙飛行士の第一詩（毛利衛さん）に続き、新藤氏が第二詩を、第三詩目は大岡信氏がやり、それに続いてあとは一般からＥメールで詩を募集し、二十詩からなる「宇宙連詩」を完成。実際に四月二十六日にソユーズ宇宙船ロケットで打ち上げ、国際宇宙ステーションから再び地球へメールするという初めての企画である。今や詩も宇宙に旅立つということで、その新しさということに楽しさを覚える。

前号で引用した宗左近氏の詩「地球」、中原忍冬氏の「視力」は時期こそ違うが、既に宇宙を志向している。連詩二十のスターメールの企画で、詩がいかに宇宙に飛び立ち、戻ってきても、自分という一個の宙を掘り下げる行為に変わりはない。特に、中原忍冬氏の詩は、地球環境問題をグローバル化することに成功した。そして、「抒情的な個人の生の領域」を超え出たところに、より確かな視座を築き、詩意識が現実に宇宙にまで広がることとすらそこに内包していると私は捉えている。

「伊那文学」64号（二〇〇三・五・二〇）

解説

跋

大井康暢

酒井力は今までに詩集を五冊出している。それらは彼の郷土、信州の自然と風物を背景にして、精神の歩みを季節の移ろいに重ねながら、自らの成長の跡を回想したものでもあった。彼は信州という山国の、透明な大気のような詩を書き続けてきた。華やかな季節の彩りや厳しい自然の変化に細やかな神経を使いながら、独自の人間形成の跡を詩に刻んできたのである。長野県詩人協会賞の受賞がそのことをはっきりと語っている。

しかしこの詩人の創作活動も、世紀を跨いだ激しい時代の変化には、新しい技術の錬磨を痛切に感じたようである。抒情詩人である酒井力が、単なる抒情だけでは詩人として完全だとは言えぬ事を切実に感じたからであろう。

抒情とは、人間にとって根源的なテーマである愛や死などの嘆きを、神や絶対者への訴えの歌にしたり、祈ったりすることであろう。つまり詩と言う形を借りた、魂の飛沫のようなものである。

それ故抒情詩は、人間の存在の本質を様々な具体的状況の比喩に託して、感性に訴える表現の形式なのである。何れにしても抒情とは、何らかの詩的技法によって人間の感性を刺激することであり、感情とは人間の高貴な品性のことである。

つまり抒情とは、人間の存在を価値あらしめる諸々の条件、関係の完成を願う愛の表現なのである。

しかし現代は、人類の予想をはるかに超えるスピードで、文明そのものが革命的な破壊を実行している時代である。そのような急激な文明社会の変化に対して、人間は適応力を失って環境の変化に追い付けず、なす術を知らない有様だ。このような変革のなかにあって、人間の抒情に対する憧れは急速に衰えつつある。

世紀の終りまで、日本の詩界は言語派と社会派という二つのグループが、それぞれの理念を掲げ自説を主張して譲らなかった。しかし世紀が改ってからは相互に歩み寄り、対立を捨てて詩界の閉塞状況を破ろうとする主張に変わって来ているようである。いずれにしても、行き詰まった抒情の回復のためには、もっと広い視野から抒情を救済しようとする動きがあってよいはずである。

しかしながら現実は、ますます地球の環境汚染が進み、抒情はこの荒れた世界からさらに遠ざかって行くようだ。精神の砂漠化は、日常の生活そのものを容赦なく蝕み、破壊しているからである。

それらの破壊されたもののすさまじい荒れようのひとつとして、ことばの美しさ、やさしさ、深さが、日常語から姿を消しているのが現実であろう。そのような嘆きが言われてから、一体どれだけの時間が経ったのであろうか。公共放送であるＮＨＫのアナウンサーの話す、平板でことばの表情の乏しいマニュアル的な話し方には、大衆の言語感覚を駄目にして、ことばから言霊を奪うような、リズムも抑揚もない単調さが、私たちの神経を逆撫でするのである。

その様な環境の変化を目のあたりにして、酒井力は改めて抒情とは生命の根を養い、再生し増殖する芸術の本質そのものであることを確信したようだ。

酒井力は、抒情的感性に恵まれた繊細な神経の持ち主である。彼は故郷信州の風土さながら、剛直で朴訥な、ひたすら風土の純潔な自然を描き続けた詩人であった。彼の詩が、現在の荒んだ都会的感覚とどのような同時代性を共有するのか、甚だ高度な問題を孕んでいると思われるけれども、彼は郷土への思いを多くの抒情詩に託して来た。

最近になって酒井力は、現実と詩との乖離に少なからぬ違和感を抱いているようである。彼の詩は少しずつ解体し、新しい抒情詩への脱皮に苦しんでいる。その過渡的な破格の詩も少なくないことを読者は実感するであろう。「縄文のヴィーナス」は詩人の魂の原郷であって、茅野の縄文歴史博物館の所蔵品である。四千年前の縄文中期の二十センチほどの土偶には、原住民のたくましい生命力がみなぎり、厳しい風土に耐えている女性像は、そのまま原始信仰の対象でもあったろう。

霧が幾重にも折り重なってうごめく
一つのいのちを造形しているのだ

沈黙の山から／降りそそぐ白い花びらは
凍てつく氷となって透けながら
路上を転がっていく
——略
轟々と／地は鳴り／山は火を噴き
その間を人間たちの足音がする

裸形の顔／身に衣をまとう／原始の声がする

　八ヶ岳山麓の真冬の気候は、人を寄せ付けない地獄が口を開けていて、一瞬の遅疑が生死を分ける酷薄な白い魔の季節でもある。この山麓を縫って、詩人は無人の雪原を往復し、月に一度は単身赴任と深夜の帰宅を繰り返してきた。

「まどろみ」「初冬」「暖冬」などは、雪国に生きる者のみの知る、心の底から感動する懐かしい故郷の叙景の一《ひと》齣《こま》である。「藻の詩想」には、詩集を締め括る詩人の溜め息のような、かすかな、しかし深い思いを聞くことができる。

　詩人酒井力の詩は、押し並べて典雅な端正さと、同時に抑制しつつ低声で語る、のっぴきならない思想が詩を支えていて、卑小な自分を殺した抑制が、却って詩全体の緊張感を際立たせているのである。おそらくここに彼の詩の真実が息づいている筈である。

　私は詩人酒井力が、彼にのみ許される暗黒と静寂と神秘の世界を探し求めて、雪深い郷土の中から、二十一世紀の新しい詩を生み出してくれる事を確信し、また心から祈っているのである。

平成十三（二〇〇一）年八月六日

詩集『藻の詩想』解説

「虚無の時間」を「明日を夢みる時間」へと変える人

新・日本現代詩文庫107『酒井力詩集』に寄せて

鈴木比佐雄

1

酒井力さんは一九四六年十月に長野県伊那市に生まれた。名前の「力」はペンネームと聞いているが「つとむ」と読むそうだ。きっと真の「力」とは、ライフワークを生涯にわたり「つとむ」べきことだと考えてきたのだろう。そんな酒井さんが詩集七冊からのアンソロジーを刊行した。第一詩集から紹介していきたい。

一九七八年に刊行された詩集『霧笛』からは、六篇が選ばれている。それらを読むと酒井さんは、自分の原点とは何かという重たい問いを抱えながら、詩作に向かっていったことが分かる。私には二番目の詩「戦後生まれの詩」（五篇の連作）が酒井さんの詩の宿命的な原点であるように思われた。年譜によると酒井さんの父は、戦中に台湾で医師をしていた。両親と三人の兄と一人の姉の六人は台湾を引き揚げ、一九四六年三月に広島の大竹港に入港し、広島の焼跡で飯盒飯を炊いて米の味を噛み締めたという。酒井さんにとって自分の誕生前後に家族が歴史の大転換期に遭遇したことがとても重要なことだったに違いない。きっと酒井さんは自分が生まれていないにもかかわらず、家族からその頃の台湾空襲や広島原爆の悲劇が語り継がれていたに違いない。「戦後生まれの詩（三）」に次のような箇所がある

そして　恐ろしいほどに　徐々に
わたしの沈黙は　覚醒を始める

デアンタス・シナネンシスよ！*
　父と母が　わたしの生前を
異国の空の下で

情熱に身をたぎらせ
兄たちと姉が　そこで育まれ
敗戦という　曇天の荒地
　を通過してきた日に

今　わたしは　暗がりの闇のうちに
崩れて　なお　明日を夢見る
河原撫子の一輪ひっそりと咲くのを

＊　デアンタス・シナネンシス――信濃撫子

（詩「戦後生まれの詩（二）」より）

酒井さんにとって詩作の原点とは、家族にとって四男としての存在が「明日を夢見る」存在であったことを知り、どんな「暗がりの闇のうち」であろうが、自分も「明日を夢見る」存在になろうと記したのだろう。酒井さんの父は長野に戻り地域医療のために生涯を捧げたという。酒井さんが定年まで長野県の教師をつとめたことも、「明日を夢見る」生徒たちの傍らで一緒に生きたいと願ったからだろう。その意味では父の影響が大きかったに違いない。酒井さんの思考には、戦前と戦後は断絶ではなくてつながっているのであり、台湾という国から流れ着いてくる時間を意識することによって、アジアの歴史的な時間の観点が存在していると感じた。また詩「埴輪」は古代の時間を傍らに引き寄せ、詩「霧笛」も「沈黙に包まれ」た時間の余韻のようなものが感じられる。

2

一九八二年に刊行した第二詩集『望郷』からは十二篇が選ばれている。故郷の自然環境、身近な人びとが消えていく寂寥感を描いている。特に朔太郎に詩情に呼応しながらもアジアの視点を抱え持つ詩「石仏」、「沈黙の世界」に耳を澄ましていく詩「黙示録」（五篇の連作）などは実験的な試みだった。

一九八六年に刊行した第三詩集『白い陰影』十四篇は、友人たちの命が儚く消えていき、残されたもののいたたまれない心境や、その鎮魂の思いから再び生に踏み出していく存在論的な詩篇や、長野の美しい自然に抱かれた詩篇などもある。詩「樹影」を引用してみる。

樹影

落葉に身をはだけ
女人独り　泣きいるように
寒々とする林のなかで
秋は　ひっそりと息絶えていた

空に伸びる枯れ枝の
か細い広がりの先から
今は腐ち果て
土と化したはずの樹影を追って
すらっと淋しい時間が落ちる

死一文字　それだけの
烙印を背にする子蝮ひとつ
冬の茫漠へとすべりこむ
――幼い蛇行に　秋の小さな顔を引き
ただ寂寥という明日に向かって

酒井さんは樹影を見ながら、かつての「明日を夢見る」ことが「寂寥という明日に向かって」いくことを直観し始める。何か「淋しい時間」というような悲壮感を振り切って、生あるものの限りある命を事実として淡々と認識しようとしているかのように私には感じられた。

3

一九九〇年に刊行された第四詩集『虚無の空域』十九篇は、河の水が涸れていくように、命が涸れていくと「虚無」が精神を蝕んでいく内面の在り方を見詰めようとしていたのではないか。「虚無」と対峙し、人間にとって「虚無」の果たす役割を辿ろうとしたのだろう。その中から「涸れた河」を引用してみる。

涸れた河

今　ひとつの風景の一点を
東に向かって溯る河がある
白く乾いた河床の蛇行にそって
風は黙したまま
虚無の深淵から吹き上がっている

夢か幻か
涸れた水底に映るのは
冷たい風に濡れ
凍えそうにしながら
旅立っていく花の生命

やがて訪れる春の
その温もりの胎動を破り
おまえは新たなる装いで
季節の裏道を渡っていかねばならない

虚無とはそこにあって
ないものである
果てしない沈黙の岸辺に佇み
さらさらと降りそそぐ
この天体の水の様相を
ひそやかに詩う
おまえ

酒井さんは「虚無」を人間の存在にとって重要な働きであると考えるようになった。「花の生命」も「虚無」が隠れて在ったからこそ生まれたのである。そして「虚無とはそこにあって／ないものである」と位置づける。「虚無」の虚しさや沈黙を抱えこむことによって、命あるものは輝きを増すことを詩作しているように考えられる。「涸れた河」への想像力が「虚無」を経た後に、命を育む水の迸りを予感させる詩を生み出したのだ。人は虚しさを感ずる存在であることを酒井さんは真摯に直視しようとした。その試みは詩作に思索を重ねて根源を求めていく詩を目指しているからなのだろう。その志は高く、自己を超えて行こうとする果てしない挑戦が在るばかりなのだ。

一九九七年に刊行された第五詩集『水の天体』からは十七篇の詩が収録されている。

それらの詩篇には命の源泉が零れ落ちてくるようなみずみずしさがある。湧き水と身体と宇宙が全てつながっているかのようなシンフォニーが湧き起こってくることを目指したのかも知れない。残された自然への鋭敏な感覚が、今の自然から離れすぎた暮らしへの根本的な批判になっている。岡に雑木林が残されていれば、麓には小さな湧き水があるだろう。そこには野草が咲き、小鳥などが集まってくるだろう。酒井さんはあらゆる存在が涸れていく宿命であるからこそ、命を甦らせる水の存在が痛切に感じられたのかも知れない。水を自らの身体に意識的に駆け巡らせようとしたのだ。涸れていく存在から水の想像力を駆使して、水に命を注ぎこもうとするのだろう。

4

二〇〇一年に刊行した第六詩集『藻の詩想』には十二篇が選ばれている。千葉大学在学中から師として交流し続けた作家の恒松恭助が亡くなった。酒井さんを文学に引き入れた恒松恭助との出逢いを忘れずにあとがきで回想している。自己の原点を振り返ることがどんなに豊かなものをもたらすかを示している。詩集タイトルの詩「藻の詩想」もまた、その原点を反復する静かでありながらも狂おしい詩だ。

藻の詩想

だれもいない蓮池の
水面が揺れる
夕暮れを

寂寥は沈んでいく

古代から受けつぐ
花の命
蜘蛛はひとすじの糸を
底に落としている

あめんぼの描く刻の間に
静止する想い
残照のくぐもる影から
縄文人が顔をのぞかせる

不確かな形相のまま
指から洩れる苔色の数珠のぬめり
手の平にさらりと乾く
狂おしい祈り

小さなこの場所にも
風は汚れつづけ　吹きよどむ
黄昏れる
叫ぶことのない螺旋のいとなみ

酒井さんは水草や藻類など水の中から生まれる生命を見詰めることが、自分の詩の原点であり、詩想なのだと自覚している。それは借り物でない、酒井さんの生き方、暮らしの中から獲得した詩的精神なのだ。誰もいない蓮池の水草やあめんぼを眺め、蓮の「花の命」を感じることから湧き上がるものは何か。それは「縄文人の顔」であったり、数珠玉をとって糸を通し、祭祀に使ったかも知れない縄文人の「狂おしい祈り」が甦ってきたりするのかもしれない。その「小さな場所」を酒井さんは愛し、そこに佇んでいる。その黄昏れていく場所は、きっと虚しさの極限の場所でありながら、同時に「花の命」が誕生する命の根源の場所であることを告げているのだ。さりげない日常の風景の奥から、「叫ぶことのない螺旋のいとなみ」を感受している。それは「虚無」と「花の命」

の絡まり合う「螺旋のいとなみ」ではないのかと告げているように私には感じられた。その意味では第一詩集の詩「埴輪」のテーマを酒井さんは一貫して深めて展開している。

5

酒井さんにとっての記憶は、古代や中世などの記憶にタイムスリップすることが多く詩作品の中に見受けられた。二〇〇七年に刊行された『白い記憶』は二十七全篇が収録されている。その第一章の詩「白い記憶」は父母、兄弟など家族の記憶である。

昭和十年
父は予備役として台湾に渡る
中国での激戦から救出され
一度は帰国しての応召だ
衛生兵から医師になった父の元へ
母は単身嫁いで行った

それから八年
広島と長崎への原爆投下
そして惨めな敗戦を迎える

しばらくは中国人を相手に
医療に携わっていた父だが
いよいよ帰国というとき
財産は没収され
白米一斗塩一升
ほかに衣類少々の出で立ちに
まだ幼い兄姉四人を連れ
引き揚げ者満載の貨物船に
父母はようやく乗船した

海は荒れ
苦しむ船酔いも
昭和二十一年三月三十一日
広島湾沖に一晩停泊しておさまる

ＤＤＴ散布後
大竹港から上陸する

原爆投下から八ヶ月後の広島
広大な焼跡の一隅で
母は米を炊いた

「白いご飯の味は忘れない」
と語る老いた父の顔
国のために
一命を捧げんとした
一人の医師は
戦争の悲惨さと
生命への畏敬とが
気持ちの中で交錯し
思わず複雑な笑顔を浮かべる
敗戦の味を噛みしめた家族

その時私は
母の胎内に宿され
臍の緒を通し
広島を感じていた
見えない目
聞こえない耳
動かない体のまま
わずかに心音だけを響かせ

生前父が低い口調で
（戦争だけは………）
と呟いた言葉は
かつて若いころに訪れた
原爆ドームの記憶と重なって
六十歳を過ぎた私に
いま　鮮明に甦るのだ

（「白い記憶」より）

酒井さんは家族史を淡々と語ることによって十五年戦争に翻弄された一家族の運命を浮き彫りにしようとする。敗戦後台湾から帰国する時の白い波しぶきの記憶、広島の灰白色の焼き尽くされた廃墟の記憶、白いＤＤＴの記憶、そして白いご飯の記憶など、父の記憶を酒井さんは書き留めていく。それをただ提示しているだけだが、そこに忘れてはならない自分の生の原点があることを明らかにした。広島の白い廃墟の中から自分の命が誕生したことは、父母や戦争で傷つき亡くなった膨大な人々の平和を願った気持ちを引き継ぐ宿命であることを強く感じたに違いない。この詩を冒頭に掲げ、父の不戦の思いを詩に刻んでいる。戦争の記憶を父と母の遺言である「白い記憶」として決して忘れてはならないものだと誓う。原爆ドームの酒井さんの「白い記憶」とは、「臍の緒を通し」て肉体に刻印されている記憶なのだ。Ⅰ章では父の記憶以外に母や兄への感謝の思いを綴った詩篇や自分の青春を回想した詩篇を連ねている。また酒井さんには、激しく時間を問う意識があり、「時間」という詩の最終の二連は「わたしの生は終わり／静寂そして無／／あとには／新たな時間が／命への芽吹きが生まれる」と記されている。固有の時間を生き抜くことの潔さが感じられて、だからこそ新たなる時間の誕生を讃美できるのだと酒井さんの時間論の深みを考えさせられた。

次にⅡ章「離愁の朝」に触れてみたい。詩「離愁の朝」は中原忍冬への追悼詩であるが、ただならぬ悲しみが広がっていく。酒井さんにとって離愁としか言えない、掛け替えのない存在者への喪失感があったのだろう。「あなたは／独り／水のない川底を／静かに遡航し／青ざめたまま　消えていく」といった、中原忍冬の死を言い聞かせるような美しい詩句を刻んでいる。

Ⅲ章の「茂兵衛と蛙」の連作九篇は、酒井さんの今までの詩作と経験をいかしながらも、新しい試みをしている実験作だ。蛙が何百年も生きている農民の茂兵衛を見詰めて記すことは、人間の生きる様をユーモラスに温かく包みこんでいる。さらに世界や宇宙との命のような会話が自然にてらいなく語られている。銀河系外星雲で地球に最も近いマゼラン星雲の彼方に、茂兵衛は「何者かの力」でやってきたという。その力は蛙の鳴き声である。その鳴き声に耳を澄ますことによって「宇宙の端」にまで行くことができるという。酒井さんにとって茂兵衛は孤独を楽しむ人間存在であり、また童心から大人社会を風刺した恒松恭助であり、詩人の魂を伝えた中原忍冬であるかも知れない。酒井さんは自己の内面を探りながら、二人の師を想起して、いつも対話をしていることがこの連作につながっているのだろう。人の心には広大な宇宙が必要であり、その中で人は自由に飛び回り、静かに山河の命あるものたちを想起しながら、瞑想にふける存在であることを示している。

以上の七詩集を通して酒井さんは世界をもっと豊かにするために、「虚無の時間」を「明日を夢見る時間」へと転換しようと試みている。そんな叙事詩でありながらも、内面を豊かに掘り続ける新たな抒情詩である詩篇を多くの人びとに読んでほしいと願っている。

「積乱雲のかがやき」たる成熟へ

――酒井力詩の歩み管見

宮沢　肇

「作家は処女作に向かって成熟する」と云ったのは、文芸評論家亀井勝一郎だったと記憶するが、今、酒井力さんの第一詩集『霧笛』（一九七六年刊）から第七詩集『白い記憶』（二〇〇七年刊）あるいはそれ以降の詩作活動に至るまでの軌跡を追ってみるとき、亀井のこの文言がかなり明確に具体性を持つ一例として、酒井さんの詩業のうえに見てとれるように思う。

「成熟」の意味は、創造性という点で、経験とことばの距離によって示される、作品の質の向上を云うことはもちろんだが、その意味のなかにはかなり変容への読者側の期待感が含まれるのではないだろうか。初期にそなわった作品の資質が、経験から来るさまざまな言語操作の深化によって作品に新たな意味を附与し、ときにそれは、詩の語り性への傾斜を示すこともある。酒井さんにそうした詩の変容と深化を促してきたものは実に一様ではなく、酒井さんの多様な社会的な活動と詩作の両面の融合と反発からくる悦びと苦悩が、これまで酒井さんの詩文学を育ててきたと云える。

一九七六年、酒井さん三十歳の時以来、終刊まで同人として在籍した「伊那文学」を主宰していた中原忍冬との出逢いは、その後の酒井さんの書く詩の姿に方向を与え、詩の体質が形成される上で大きな影響があった。更に、中原との関わりで参加した詩誌「岩礁」での活躍とその延長線上に設立された「東京詩話会」で交流した多くの詩人たちから得た有形無形の詩的財産とも云うべき詩法探求への示唆は、酒井さんが大学在学中に習得した哲学への関心と思考方法に刺激を与えて酒井さんの詩への完成を揺さぶったようである。酒井さんは千葉大学在学中、哲学科教授の講義に惹かれ、西田哲学を始め西洋哲学の著書を渉猟し学んだ。そのことは、本文庫に収録されている酒井さんの「エッセイ」からもうかがえるところだ。

そして一方、酒井さんの日日の生を支えるものの一つに弓道がある。

弓道修練を毎朝続けるのは
自分を捨てるため
とはいっても
心を空にすることではない
様々な欲心を去って
ひたすら磨く

心を開き
「会者定離」の理に
心身をゆだねる
――禅の修行のため

道を行く托鉢僧

前向きに生きようとすることの
確認の日々
捨てることから生まれた
ひとすじの道
積乱雲のかがやき

二〇〇八年『長野県詩集41』に発表した『空の道』という詩の一節である。酒井さんが少年の頃から錬成してきた精進であり、詩への欲心を去って詩の奥に在るポエジーを射たいと、何度弓矢を手にして思ったことであろうかと想像する。酒井さん自身、弓に関して詩を書いたのは未だ十篇ほどであり、いわば〝詩道〟と〝弓道〟が生の在り方として合一するのは何年先のことかわからない、と酒井さんは云うかもしれない。詩と弓。双方の的の向こうに酒井さんが見据えるものは何か。因みに、現在、酒井さんは練士六段の腕前である。

「伊那文学」から出発した酒井さんの詩的営為は、先に記した大井康暢の詩誌「岩礁」への参加や酒井さんに前衛的とも云える詩学の摂取を誘発することになった「東京詩話会」での詩人たちとの交流、最近では、鈴木比佐雄氏の「コールサック」への作品参加など、酒井さんの詩を書くための土壌を富ましてきたわけだが、それと同時に並行して、そして当然のことであるが、信州各地の赴任先の風土と住人たちに囲まれてすごした教員生活がある。学校長在任の期間を含め三十五年余の義務教育への挺身であり、退職後は小諸市での藤村文学賞事業の事務局を担当して現在に至っている。酒井さんにとってそれらはすべて一篇一篇の詩を書くためのエネルギーの蓄積であった。それらの活動の中心にはいつも詩が在った。であればこそ、それは二足三足の草鞋を同時に履くことのうしろめたさであり、自らの行路へ感じる酒井さんの矜持でもあった。それはまた、一語一語、一行一行を自然の事象に添わせ、それらに対峙するかのように、自らの苦悩を形象化しようとした中原忍冬の詩法を、酒井さんの内側であたらしく再構築することであった。もし詩に〝成熟〟ということがあるとするならば、これらのことすべては酒井さんの成熟への過程を示すものであろう。

現在の、佐久市に居を定めた酒井さんは、二〇〇三年、中原忍冬逝去後の数年のあいだに、「東京詩話会」事務局や酒井さんが二十三年間同人として在籍した「岩礁」を退き、二〇〇八年に個人誌「佐久文学・火映」を創刊する。酒井さん六十二歳、自身の文学遍歴に一つの節目を作るかのようにして日の目を見た酒井さん手造りの文芸誌である。生まれ故郷伊那の、敬愛する俳句作家春日愚良子の句を常に巻頭に、親交のあった県内外の詩人たちの詩やエッセイ、短歌俳句評論と多彩な内容であり、時に酒井さんの短篇小説や最近では入籍家の伝承に関わる古文書解析の報告が載ることもある（酒井さんは若年時より作家恒松恭助等の文章指導を受けている）。

その後、並行して長野県詩人協会での理事や副会長としての活動があり、世界的な規模での詩人会議などへ積極的に参加している。酒井さんのこうした地道な活動もまた酒井さんの詩への幅広い視野の育成と自らの詩を磨く手立てになっていることは確かであろう。


「岩礁」の大井康暢は生前、「酒井さんは年齢を重ねるにつれて、かならず人間も詩も大成していきますよ」と、よく話していたことが憶い出される。

今度酒井さんの詩を通読してみて、酒井さんがいかに信州の自然とともに歩んできた詩人であるかがわかる。と同時に、自然と時間の相剋に身を置くことの苦悩を詩化する方法の模索を、半生の課題としてきたことも、である。「今生きていく時間の連続の中に一瞬、純粋経験として〈永遠〉は姿を現すのか。或いは、時間の全くの外側に〈永遠〉はあるのか」（「詩論（三）」）と、英詩人H・ヴォーンの詩の一節に関わって問題提起をしているが、酒井さんは顧みて、自ら二十歳台から心にかけた課題であったことを述べている。

前述したように、酒井さんは「伊那文学」の同人として、同誌の終刊まで中原忍冬と行を共にした。中原は常に自然の相貌に自身を重ねて詩を書いた。自己の存在の姿と意味を四囲の自然の姿と重層させて描くことで、それらが自然の実在と共にしだいに消滅していき、やがて自然が垣間見せるであろう永遠の相を詩のことばに現出させることに全身を賭けた詩人であった。中原はそのために自然の風物の形姿や推移を自らの魂として描くことを手法としたが、一方、酒井さんは、その手法を人間の生の営みと生死の意味を詩に解き放つための詩法としたと云えるのではないか。

一九七八年、詩集『霧笛』が「伊那文学社」から出版されるが、それは、酒井さんの文字通り処女詩集となる。戦後台湾から引き揚げてきた父母や兄たちの苦難の生活のなかで、その翌年（一九四六）に生まれた酒井さんが、生長の途次に見た日本の混沌と復興のはざ間に流れる世相と自身の居場所を求めて苦悩する魂の在りようを描いている、「戦後生まれの詩」と題した五篇構成の詩の一部を次に紹介しておきたい。

ふと　わたしは　少年の頃の軒下にたつ
茅ぶきの家に　雨戸は　きちんと
たてられてある　誰もいないのか
父も母も　兄弟たちさえ　見当らない
裏口に廻ると　戸口の透き間から
幽かに　暗がりが覗かれる
わたしは　風のように　身を縮めて
黒く焦げ残る囲炉裏の傍に出る

五平餅の臭いが漂うと
ノミが六尺　跳び上がり
兎の頭や胸の骨が砕かれて
まあるい肉団子は　ふつふつ煮える

部屋の片隅に　死に絶えそうな子山羊を
抱いて温めた　炬燵の跡があり
水をどっぷり吸い込んで　色あせた
冷たい布団とわたしの影がある

そして　恐ろしいほどに　徐々に
わたしの沈黙は　覚醒を始める

デアンタス・シナネンシス*よ！
　父と母が　わたしの生前を
　異国の空の下で
　情熱に身をたぎらせ
　兄たちと姉が　そこで育まれ
　敗戦という　曇天の荒地
　と通過してきた日に

今　わたしは　暗がりの闇のうちに
崩れて　なお　明日を夢見る
河原撫子の一輪ひっそりと咲くのを
（末尾二行略。＊信濃撫子）

五平餅は伊那地方の伝統的な食品、また兎肉は敗戦直後の貴重な蛋白源であり、その毛皮は防寒用品に加工された。酒井さんは故郷の旧家をふと訪ねたとき、家族の睦まじい生活のなかにかつて在った自分の影を見る。その傍らに、時間の無常を証すように河原撫子が一輪咲いている。時間と共に過ぎ去って行く人間の営みや思いを、自然の象徴のように咲く一輪の花に託すことで一篇の詩が満たされ、その詩が〈永遠〉とつながることがある。酒井さんが詩の出発の極く初期に書いた秀逸の作であろう。

酒井さんは、この後、第10回長野県詩人賞を受賞した『水の天体』などを経て、七番目の詩集『白い記憶』へと至る。これら、優れた出発の詩業が、成熟へと変容を重ねながら、あの「積乱雲のかがやき」の詩の的に向けて放たれることを期待して、この稿を終りたい。

酒井力年譜

一九四六年（昭和二十一年）　当歳
十月十二日　長野県に生まれる。父酒井武男、母みすゑの四男として長野県伊那市に生まれる。前年の敗戦により、この年の三月父母は、十年余居住してきた台湾から子供四人を連れ、広島県大竹港から上陸。原爆で焦土と化した荒地で台湾米を炊き、家族で食べる。帰郷した後、父は五月三十一日付で台湾公医を免ぜられる。
昭和二十七年父武男［医師法第36条第3項及び第4項の規定に基く外地引揚げ医師の為の医師国家試験］に合格。以後、診療所医師として委託開業し、三十二年間を地域医療に尽力する。

一九四七年（昭和二十二年）　一歳
十月　弟、哲男生まれる。

一九五三年（昭和二十八年）　七歳
四月　東春近村（現伊那市）立東春近小学校に入学する。

一九五五年（昭和三十年）　九歳
担任教師の指導した俳句に興味を抱く。

一九五九年（昭和三十四年）　十三歳
東春近村（現伊那市）立東春近中学校へ入学する。国語科教師の室生犀星、国木田独歩、島崎藤村、ヴェルレーヌ等の詩の朗読に魅了される。

一九六二年（昭和三十七年）　十六歳
四月　長野県立伊那北高等学校入学。
十月　弓道同好会として柴韓治郎に初めて弓道を教わる。以後、常円寺境内の市営弓道場で先達の諸師より指導を受ける。

一九六三年（昭和三十八年）　十七歳
八月　弓道で全国高校総合体育大会（山形県酒田市）にチーム選手として出場する。その後、学校内に弓道場が寄贈新築され、整備作業を行う。
十月　弓道初段認許。

一九六四年（昭和三十九年）　十八歳
五月　弓道弐段認許。以後、弓道を離れる。
一九六五年（昭和四十年）　十九歳
国立大学医学部を受験するも不合格となる。
自宅で浪人中、中原中也、立原道造等の詩に魅了され、自らも詩作を始める。
一九六六年（昭和四十一年）　二十歳
四月　千葉大学教育学部に入学。哲学科教授の講義に魅かれ、教育方法学専攻の傍ら、西田哲学を始め西洋哲学に関する著書や詩等を渉猟し学ぶ。生活雑記や詩を書いて「DAS　LEBEN」としてノートに記録する。
十月　父親からの生活費の仕送りを断り、アルバイトで自活し、勉学を続ける。
一九七〇年（昭和四十五年）　二十四歳
四月　母方伯父三澤功博、町村合併により西春近村長から伊那市長に就任。以後、四期十六年間、市政に取り組む。
六月　成東の伊藤左千夫生家を訪れ、そこの管理人武井運平から左千夫の話を聞く。また、早稲田大学英文科出身で、丹羽文雄門下の作家恒松恭助（代表作は「チロリン村とクルミの木」。日本で初めてテレビの人形劇として放映）を訪ね、以後、文学や詩に触れ、文章指導を受ける。恒松の時代に対する高邁な反骨精神とその生き方から文学について学び、傾倒する。
一九七一年（昭和四十六年）　二十五歳
三月　千葉大学教育学部卒業。郷里伊那へ帰る。
五月　恒松に手紙で紹介された伊那市在住の詩人伊沢幸平（創元社勤務の頃、小林秀雄と知己）の家を訪ねる。詩について示唆を受ける。
六月　上伊那郡飯島町立飯島小学校に臨時教員として赴任する。
七月　教職の任期が切れ、帰りの電車の中で詩人中原忍冬（「伊那文学」主宰）と偶然出会う。
八月　長野県立伊那養護学校に臨時教員として赴任する。

一九七三年（昭和四十八年）　二十七歳

四月　教員採用試験に合格し、正規教員となる。

六月　日向玲子と知り合い、入籍。

一九七四年（昭和四十九年）　二十八歳

二月　結婚式を挙げる。童話『団栗の唄』（自家版　聖光房美術印刷所）を発行し、記念に参列者に配る。詩人伊沢幸平が「武田節」を歌う。

三月　伯父三澤功博の従弟三澤準、南箕輪村村長に就任。以後三期十二年間、共産党村政を樹立し尽力する。

四月　長谷村立美和小学校（現長谷小学校）赴任。

同月　長女しの生まれる。

一九七六年（昭和五十一年）　三十歳

三月、「ＮＥＷ群れ」（和田攻編集発行）№５に詩を掲載。

四月　高遠町立高遠小学校に赴任。

八月　中原忍冬主宰「伊那文学」13号に初めて詩を掲載。以後、「伊那文学」に終刊64号まで所属する。

一九七七年（昭和五十二年）　三十一歳

八月　詩と詩論「詩祭司」3号から同人参加し、詩を掲載する。昭和六十年13号（終刊号）まで。

一九七八年（昭和五十三年）　三十二歳

一月　次女ゆう生まれる。

十一月　処女詩集『霧笛』（伊那文学社刊）を出版する。

一九七九年（昭和五十四年）　三十三歳

四月　下諏訪町立下諏訪南小学校に赴任。

六月　中原忍冬を介し、住宅隣に住む甲陽書房社主石井計記に紹介される。

十二月　十五年ぶりに弓道を始める。

一九八〇年（昭和五十五年）　三十四歳

十月　弓道三段認許。

一九八一年（昭和五十六年）　三十五歳

四月　弓道四段認許。

五月　三兄酒井正純病没。当年三十七歳。

八月　「詩学」（詩学社）第36巻9月号「現代詩日本地図（8）＝中部篇」（選日原正彦）に詩「追憶そしてプロローグ」が掲載される。

一九八二年（昭和五十七年）　三十六歳

四月　南箕輪村立南箕輪小学校に赴任。
同月　弓道で弾塚寛教士六段に師事する。
十一月　第二詩集『望郷』（伊那文学社）出版。
同月　長野県詩人協会会員となる。
一九八三年（昭和五十八年）　三十七歳
一月　『文学館』（潮流社）会員となる。
同月　三島市『岩礁』（大井康暢主宰）に中原忍冬の推薦で同人参加。詩を中心に掲載する。
七月　弓道五段認許。
一九八四年（昭和五十九年）　三十八歳
九月　豊橋高師緑地公園での丸山薫詩碑除幕式に参加。丸山薫の墓参りで桑原武夫と会う。徳島県の詩人冬園節と会い、以後親交する。記念講演で大木実、伊藤桂一、杉山平一の講話を聴く。
十二月　詩の授業の中で室生犀星の詩の解釈をめぐる問題について、大木実、杉山平一両氏より丁寧な手紙による返答が届く。
一九八五年（昭和六十年）　三十九歳
四月　伊那市立伊那小学校へ赴任。総合学習に取り組む。哲学者唐木順三の著作を読み、研究する。
一九八六年（昭和六十一年）　四十歳
十月　中原忍冬の推薦で伊那ペンクラブ（会長代田敬一郎）に入会。
十一月　第三詩集『白い陰影』（伊那文学社）を出版。千葉市在住の作家恒松恭助が序文、跋文を中原忍冬が書く。
一九八七年（昭和六十二年）　四十一歳
六月　山形県岩根沢（丸山薫の疎開地）での丸山薫詩碑保存会総会に参加。前夜祭で杉山平一や丸山夫人と話す。翌日、杉山平一の記念講演を拝聴する。
一九八九年（平成元年）　四十三歳
四月　伊那市立美篶《みすず》小学校に赴任。
一九九〇年（平成二年）　四十四歳
三月　妻玲子の兄日向泰夫（武蔵大学人文学部講師）逝去。当年四十一歳。
十月　第四詩集『虚無の空域』（甲陽書房）を出版する。

一九九一年（平成三年）　四十五歳
十月　伊藤桂一、石井計記の推薦で日本ペンクラブに入会。石井計記の紹介で、前会長の遠藤周作、理事の斎藤茂太ほかと話す。
十二月　詩集『虚無の空域』で伊那ペンクラブ賞を受賞。会場の高遠町満光寺で、八王子から駆けつけた井出孫六と会う。
一九九四年（平成六年）　四十八歳
四月　小海町立小海小学校へ赴任。
一九九五年（平成七年）　四十九歳
六月「第五回東京詩話会」（会場　市ヶ谷アルカディア）に参加。以後、継続して参加する。
一九九六年（平成八年）　五十歳
八月　父武男逝去。当年八十四歳。
同月　前橋市で開催された「第十六回世界詩人会議日本大会」に参加。徳島県の詩人冬園節と会い、帰途、二人で軽井沢の堀辰雄記念館を見学する。諏訪駅まで送る。
一九九七年（平成九年）　五十一歳
四月　詩・エッセイ・小説「蘇芳」（正木啓二発行　日刊スポーツ印刷社）に参加し、詩を掲載。
七月　臼田町（現佐久市）の妻の生家跡に家を新築し転居する。
八月「第十五回東京詩話会」世話人として参加。
十月　第五詩集『水の天体』（私家版　聖光房美術印刷所）を出版。
十一月　丸山勝久、中原忍冬の推薦で日本詩人クラブ会員となる。
一九九八年（平成十年）　五十二歳
二月　日向家の養子として戸籍名を日向力と改姓。筆名はそのまま酒井力とする。
四月　富士見町立本郷小学校へ教頭として赴任。
五月　教育長から依頼され、八月開催の「尾崎喜八碑前祭」にちなみ、「尾崎喜八詩のフォーラム」の企画・創設に尽力。小・中学生、一般から詩を募集し表彰を行い、詩の普及に努める。

十一月　詩集『水の天体』で第十回長野県詩人賞を受賞する。
一九九九年（平成十一年）　五十三歳
四月　秋谷豊に誘われ、蓼科パークホテル「蓼科グリーンバレー」（城戸ホール）で開催された「地球の詩の午後」に参加。自作詩「白いからす」を朗読する。石原武、金光林ほかと話す。翌日、参加者を案内して「富士見高原病院」（旧結核療養所で堀辰雄が入院・病没）、富士見図書館や「富士見高原ミュージアム」を見学する。
七月　生涯学習で「詩の教室」を開設。年間を通じて一般教室生を対象に詩作の指導をする。
二〇〇一年（平成十三年）　五十五歳
四月　千葉県市川市に在住の作家恒松恭助が逝去。子息から知らせを聞き、市川の自宅にうかがう。
十一月　水崎野里子編　日英対訳現代日本詩アンソロジー『ドーナツの穴』（土曜美術社出版販売）に詩を三篇掲載。
同月末　第六詩集『藻の詩想』（沖積舎）を出版する。跋文を大井康暢が書く。
二〇〇二年（平成十四年）　五十六歳
四月　小諸市立野岸小学校へ教頭として赴任。国語科の先生に依頼され、高学年に詩の授業を行う。
同月　弓道で日暮千曲教士七段に師事する。
二〇〇三年（平成十五年）　五十七歳
一月　義父日向逸朗逝去。当年八十四歳。
同月より「東京詩話会」事務局を務める。
八月　中原忍冬逝去。当年七十四歳。
二〇〇四年（平成十六年）　五十八歳
四月　小諸市立千曲小学校へ校長として赴任。
九月　浅間山が二十一年ぶりに中規模噴火。降灰による農作物の被害がでる。
二〇〇五年（平成十七年）　五十九歳
一月　母酒井みすゑ逝去。当年八十九歳。
六月　弓道錬士の称号を日本弓道連盟より授与。
二〇〇六年（平成十八年）　六十歳
四月　「東京詩話会」事務局を退く。

同月　長野県詩人協会副会長に就任。翌年に予定された日本詩人クラブ長野大会の諸準備をはじめ、六月のゼミナールや十一月の詩人祭の講演講師の招聘に協力する。
五月　小諸市中棚荘に建立した種田山頭火句碑除幕式祝賀会に春日愚良子の誘いにより出席、千曲市在住の板画家森貘郎を紹介される。
九月　二十三年間同人として参加してきた詩と批評「岩礁」を退く。
二〇〇七年（平成十九年）　六十一歳
三月　千曲小学校を最後に定年退職する。
四月　小諸市教育委員会生涯学習課小諸・藤村文学賞事務局長に就任し、平成四年から続く文学賞の仕事を行う。
同月　鈴木比佐雄編集発行「ＣＯＡＬ　ＳＡＣＫ」（石炭袋）に寄稿する。
六月　日本詩人クラブ長野大会開催。全国・県内から百五十名余の詩人が長野市の会場「ホテル国際21」に結集し、交流を深める。
八月　『原爆詩一八一人集』（日本語版・英語版　コールサック社）に詩を掲載する。
十一月　第七詩集『白い記憶』（コールサック社）を出版。
二〇〇八年（平成二十年）　六十二歳
一月　小諸市女性学級で「現代詩について」と題して講演をする。
三月　文芸誌佐久文学「火映」を個人で創刊する。
五月　日本・ネパール合同詩集『花束』五（日本ネパール文化交流・ナマステ会）に詩を掲載する。
六月　弓道で伊那市在住の山川茂樹範士八段に師事する。
九月　『生活語詩二七六人集　山河編』（コールサック社）に詩を掲載。
二〇〇九年（平成二十一年）　六十三歳
三月　『大空襲三一〇人詩集』（コールサック社）に詩を掲載。

五月　日本・ネパール合同詩集『花束』六（日本ネパール文化交流・ナマステ会）に詩を掲載する。

八月　次兄酒井悠次（元埼玉医科大学薬理学教授・駒ヶ根共立クリニック院長）病没。当年六十九歳。

十一月　明治神宮中央審査において弓道六段認許。

同月　詩人宮沢肇の依頼を受け、東御《とうみ》市短詩型文学祭の現代詩部門の選者を務める。表彰式で挨拶。

二〇一〇年（平成二十二年）　六十四歳

五月　隔月で東御市いきいき生涯学習講座「現代詩」の講師を務める。

八月　『鎮魂詩《レクイエム》四〇四人集』（コールサック社）に詩を掲載。

十月　国際ペン東京大会２０１０記念「詩のアンソロジー」（日英対訳）に詩を掲載する。

二〇一一年（平成二十三年）　六十五歳

六月　長野県シニア佐久大学（文学と芸術）で詩を中心に文学について講演する。

八月　『命が危ない３１１人詩集』（コールサック社）に詩を掲載。

同月　小諸市高齢者教室で詩の話をし、詩作講座を開く。

二〇一二年（平成二十四年）　六十六歳

三月　写真月刊誌「ＤＡＹＳ　ＪＡＰＡＮ」（広河隆一編集）に詩「里山汚染」が写真と共に紹介される。

五月　大井康暢逝去。当年八十二歳。

七月　宮沢肇、鈴木比佐雄の推薦で日本現代詩人会会員となる。

八月　神奈川県藤沢市労働会館にて『命が危ない３１１人詩集』（コールサック社）掲載詩「水のいのち」が朗読の会「海の音」（音響・演出　劇団民芸）により朗読される。

同八月　『脱原発・自然エネルギー２１８人詩集』（日英語合体版　コールサック社）に詩「里山汚染」を掲載する。

現住所　〒３８４-０６２１
長野県佐久市入澤六一四番地

新・日本現代詩文庫　107　酒井《さかい》力《つとむ》詩集

発　行　二〇一三年五月三十日　初版

著　者　酒井　力
装　幀　森本良成
発行者　高木祐子
発行所　土曜美術社出版販売
〒162-0813　東京都新宿区東五軒町三—一〇
電　話　〇三—五二二九—〇七三〇
FAX　〇三—五二二九—〇七三二
振　替　〇〇一六〇—九—七五六九〇九

印刷・製本　モリモト印刷

ISBN978-4-8120-2041-8　C0192

新・日本現代詩文庫

土曜美術社出版販売

(91) 前川幸雄詩集　解説　吉田精一・西岡光秋
(92) なべくらますみ集　解説　佐川亜紀・和田文雄
(93) 津金充詩集　解説　松本恭輔・森田進
(94) 中村泰三詩集　解説　宮澤章二・野田順子
(95) 和田攻詩集　解説　稲葉嘉和・森田進
(96) 藤井雅人詩集　解説　菊田守・瀬崎祐
(97) 馬場晴世詩集　解説　久宗睦子・中村不二夫
(98) 鈴木孝詩集　解説　野村喜和夫・長谷川龍生
(99) 久宗睦子詩集　解説　伊藤桂一・野仲美弥子
(100) 水野るり子詩集　解説　尾世川正明・相沢正一郎
(101) 岡三沙子詩集　解説　金子秀夫・鈴木比佐雄
(102) 星野元一詩集　解説　鈴木漠・小柳玲子
(103) 清水茂詩集　解説　北岡淳子・川中子義勝
(104) 山本美代子詩集　解説　安水稔和・伊勢田史郎
(105) 武西良和詩集　解説　細見和之
(106) 竹川弘太郎詩集　解説　暮尾淳
(107) 酒井力詩集　解説　鈴木比佐雄・宮沢肇
(108) 一色真理詩集　解説　伊藤浩子
(109) 郷原宏詩集　解説　荒川洋治
(110) 永井ますみ詩集　解説　有馬敲・石橋美紀
(111) 阿部堅磐詩集　解説　里中智沙・中村不二夫

〈近刊〉

(112) 新編石原武詩集　解説　秋谷豊・中村不二夫
(113) 長島三芳詩集　解説　平林敏彦・禿慶子
(114) 柏木恵美子詩集　解説　〈未定〉
(115) 戸井みちお詩集　解説　〈未定〉

〈以下続刊〉

近江正人詩集　解説　〈未定〉
瀬野とし詩集　解説　〈未定〉
新編石川逸子詩集　解説　〈未定〉

(1) 中原道夫詩集
(2) 坂本明子詩集
(3) 高橋英司詩集
(4) 前原正治詩集
(5) 三田洋詩集
(6) 本多寿詩集
(7) 小島禄琅詩集
(8) 新編菊田守詩集
(9) 出海溪也詩集
(10) 柴崎聰詩集
(11) 相馬大詩集
(12) 桜井哲夫詩集
(13) 新編島田陽子詩集
(14) 新編真壁仁詩集
(15) 南邦和詩集
(16) 星雅彦詩集
(17) 井之川巨詩集
(18) 新々木島始詩集
(19) 小川アンナ詩集
(20) 新編井口克己詩集
(21) 新編滝口雅子詩集
(22) 谷 敬詩集
(23) 福井久子詩集
(24) 森ちふく詩集
(25) しま・ようこ詩集
(26) 腰原哲朗詩集
(27) 金光洋一郎詩集
(28) 松田幸雄詩集
(29) 谷口謙詩集
(30) 和田文雄詩集

(31) 新編高田敏子詩集
(32) 皆木信昭詩集
(33) 千葉龍詩集
(34) 新編佐久間隆史詩集
(35) 長津功三良詩集
(36) 鈴木亨詩集
(37) 埋田昇二詩集
(38) 川村慶子詩集
(39) 新編大井康暢詩集
(40) 米田栄作詩集
(41) 池田瑛子詩集
(42) 遠藤恒吉詩集
(43) 五喜田正巳詩集
(44) 森常治詩集
(45) 和田英子詩集
(46) 伊勢田史郎詩集
(47) 鈴木満詩集
(48) 曽根ヨシ詩集
(49) 成田敦詩集
(50) ワシオ・トシヒコ詩集
(51) 高田太郎詩集
(52) 大塚欽一詩集
(53) 香川紘子詩集
(54) 井元霧彦詩集
(55) 高橋次夫詩集
(56) 上手宰詩集
(57) 網谷厚子詩集
(58) 門田照子詩集
(59) 水野ひかる詩集
(60) 丸本明子詩集

(61) 村永美和子詩集
(62) 藤坂信子詩集
(63) 門林岩雄詩集
(64) 新編原民喜詩集
(65) 新編濱口國雄詩集
(66) 日塔聰詩集
(67) 武田弘子詩集
(68) 大石規子詩集
(69) 吉川仁詩集
(70) 尾世川正明詩集
(71) 岡隆夫詩集
(72) 野仲美弥子詩集
(73) 葛西洌詩集
(74) 只松千恵子詩集
(75) 鈴木哲雄詩集
(76) 桜井さざえ詩集
(77) 森野満之詩集
(78) 坂本つや子詩集
(79) 川原よしひさ詩集
(80) 前田新詩集
(81) 石黒忠詩集
(82) 壺阪輝代詩集
(83) 若山紀子詩集
(84) 香山雅代詩集
(85) 古田豊治詩集
(86) 福原恒雄詩集
(87) 黛元男詩集
(88) 山下静男詩集
(89) 赤松徳治詩集
(90) 梶原禮之詩集

◆定価（本体1400円＋税）